POÉSIES

DIVERSES

DE

Mlle POULAIN DE NOGENT,

*Auteur des Lettres de Madame la Comtesse
de la Rivière ; du Tableau de la Parole ; de
l'Anecdote intéressante de l'Amour Conjugal ;
de la Nouvelle Histoire abrégée de Port-
Royal, &c. &c.*

A PARIS,

Chez VARIN, Libraire, rue du Petit-Pont, près celle
Saint-Jacques, N°. 22.

M. DCC. LXXXVII.

Avec Approbation et Permission.

On trouve, chez Madame HERISSANT, rue Neuve Notre-Dame, des *Poéfies en chant, pour fervir d'amu-femens aux Dames Religieufes, & Sœurs de Commu-nautés.*

Cette Brochure remplit fagement fon objet; & pour-roit fe donner pour étrennes à des parentes, à des amies & à des Penfionnaires de Maifons Religieufes.

Prix 12 fous.

ÉPITRE
DÉDICATOIRE,
A
MADAME
DE LOZIER BOUVET.

MADAME,

EN *vous dédiant cet Ouvrage, la nobleſſe
de votre naiſſance ſuffiroit à ma vanité : mais
elle veut aller plus loin. Votre mérite perſonnel
fait depuis long-tems mon admiration. Permettez donc que je rende hommage à vos grands
ſentimens ; à vos vertus ſublimes ; à votre eſprit
plein de force, de vivacité, de douceur, de délicateſſe & de charmes ; à votre cœur qui enlève
tout, & qui eſt pour moi un tréſor précieux.
Vous avez pluſieurs fois, adorable amie, ré-
veillé ma muſe* ...

mon *Apollon*. Le cœur feul animoit ma verve ; & c'étoit toujours vous qui en faifiez mouvoir les refforts. Il eft bien jufte que je vous offre , pour ainfi dire , votre propre Ouvrage. Recevez-le, je vous fupplie ; & me croyez, avec une admiration pleine de tendreffe,

MADAME,

*Votre très-humble &
très-obéiffante Ser-
vante,*
POULAIN DE NOGENT.

A MON MÉCÈNE,

MONSIEUR A***,

Avocat au Parlement.

RONDEAU.

Dans ces accens daignez, ſavant Mécène,
Examiner le produit de ma veine.
Si l'on me dit qu'inutile aux combats,
J'ai pu chanter des amis, des appas,
Et de Louis la gloire ſouveraine;

Je ſens d'abord l'approbation vaine :
J'en veux de vous, de la docte fontaine.
Qu'approuve-t-on, ſi vous n'approuvez pas
Dans ces accens?

Vers l'Hélicon, ma muſe pas à pas,
A-t-elle fait une route certaine?
Elle ne veut ni flatteurs ni Midas,
Pour décider ſi dans l'eau d'Hippocrène
Elle a puiſé le tranſport qui la mène
Dans ces accens!

PRÉFACE.

SELON M. de Moncrif, il n'y a point de
Livre qui n'ait son utilité ; & il est bon qu'il
y ait des Ouvrages qui soient à la portée de
tout le monde. *En ce sens, celui-ci a son mérite. C'est à ce Public Lecteur que je l'offre, &
non aux Aigles de la Littérature. Ceux-ci cependant peuvent s'amuser à examiner ce que peut
une Fille qui écrit seule & sans aucun aide. Car
je puis dire avec vérité, que tous mes Ouvrages
sont à moi ; personne ne m'a aidée en rien : j'ai
composé, corrigé & rédigé tout moi - même. Il
n'y a peut - être aucune femme, & peut - être
même aucun homme qui puissent en dire autant.*

*Chaque Auteur a son style, sa façon de pen-
ser & de s'exprimer. Les Critiques sont toujours
prêts à blâmer ceux qui ne pensent & ne s'expriment pas comme eux. Que ne se fâchent-ils
aussi de ce que chacun ne leur ressemble pas pour
les traits. Les visages, les esprits, les caractères
seront toujours différens les uns des autres.*

*J'ai donné nombre d'Ouvrages de différens
genres au Public. Je me suis bien gardée d'y
mettre mon nom. Dans les premiers, qui étoient*

deux brochures , l'Auteur de l'Avant-Coureur
a trouvé que mon ftyle étoit fimple & fans pré-
tention : *il a trouvé vrai. Dans une des Feuilles*
Hebdomadaires , M. de Querlon a dit , qu'on
voyoit dans mes Ouvrages affez de chofes qui
faifoient defirer que je parvinffe à colorer mon
ftyle. *Malgré l'eftime que j'avois pour cet*
homme de mérite , je n'ai pas profité de fon
avis : j'ai donné depuis les Lettres de Madame
de la Rivière , qui font trois volumes in-12
d'environ quatre cents pages chacun. Elles font
encore écrites dans le ftyle fimple ; & l'on n'en
a dit généralement que du bien. Je n'en ai pas
tiré vanité : j'ai penfé que je devois ces éloges à
mon anonyme , ou plutôt à l'idée qu'on s'eft
formée que l'Auteur n'étoit plus de ce monde.
On a fenti qu'il feroit inutile alors de donner
des avis ou des coups de patte. On peut en ufer
de même encore : cet Ouvrage eft mon dernier ;
je renonce aux vers comme à la profe. Je fuis fi
perfuadée du néant de la gloire de ce monde,
que je ne defire ni éloge , ni même une belle cri-
tique. Les éloges flattent l'amour - propre : la
critique pourroit le flatter autant , parce qu'elle
n'eft due qu'aux Ouvrages d'un certain mérite.
A l'un & à l'autre , le diable de la vanité fau-

roit bien y trouver son compte. On peut voir ma
façon de penser actuelle, dans les Cantiques qui
sont à la fin.

Je donne ces Poésies aujourd'hui, non par
goût personnel, mais pour l'amour de deux
Dames d'un grand mérite, que je chante avec
joie & avec plaisir, & à qui je les dédie. L'esprit
s'exprime avec élégance & avec force; il fait la
gloire de son Auteur. Le cœur expose avec candeur & naïveté ce qu'il sent : il fait la gloire de
ses Héros.

Dans les Poésies de société je supprime les
noms de ceux à qui j'adresse des vers, quoique
presque tous soient d'un état distingué. Mais
c'est que les uns sont morts, & la plupart des
autres sont plus âgés que moi. D'ailleurs, je
pense que des noms de Bergers & de Bergères
amuseront plus que des noms particuliers. Il n'en
est pas ainsi des noms des Ecclésiastiques, & des
Princes & Princesses : je les laisse subsister,
parce que ce sont des personnes qui intéressent
toujours beaucoup de monde.

Si j'ai mal fait, il n'y a rien d'étonnant : si
j'ai bien fait, la gloire en est due à mes objets,
qui m'ont fourni la matière par leur esprit, leurs
talens, leur bon cœur, leur belle ame, & princi-

palement leur vertu. Je dirois volontiers que la vertu seule a droit aux éloges, puisqu'elle seule conduit à la céleste Patrie, pour laquelle tout homme est né. Car de quel mérite est la science sans elle? où conduit-elle sans la vertu? Son triomphe n'est que sur la terre : celui de la vertu est dans le ciel, où tout est égal, & où tout est savant d'une science qui anéantit celle d'ici bas.

Un pauvre malotru, que chacun méprise & rebute, est enfant de Dieu comme le plus grand des Monarques ; & quoiqu'ignorant, s'il est vertueux, il brillera dans le Ciel, où il se trouvera tout-d'un-coup savant, grand & aimable. Car Dieu, dans son Paradis, n'a rien que de parfait.

Je prie les personnes timorées de ne point s'effaroucher de mes Stances sur le Printems, & de ma première Églogue. Ce sont deux Pièces que j'ai composées dans ma jeunesse, & que je n'ai pu ni dû supprimer. Six autres Églogues suivent. Quoiqu'il y soit question d'amour, elles sont morales, & je crois qu'il n'y a qu'à profiter. Au reste, on peut voir que je ne parle jamais que d'amour légitime. Jesus-Christ sur la terre a frondé tous les vices : il n'a rien dit contre l'amour.

LE LIVRE
AU LECTEUR.

STANCES.

ACHÈTE-MOI, Lecteur, je fuis œuvre de fille ;
Qui jadis étoit jeune , & même un peu gentille ;
Et qui toujours fut fage en fes mœurs, fes écrits.
   Je vaux bien peu , fi je ne vaux mon prix.

   MON Auteur feul a compofé l'Ouvrage.
Tant pis, diront les uns; les autres diront : *Bon !*
     Ceux-ci, je penfe, auront raifon ;
D'impofer au Public n'eft que trop en ufage (1).

    SI de moi tu fais quelque cas,
   Achète-moi, c'eft modique dépenfe.
Mais fi contre ces vers tu te préviens d'avance,
    Cher ami, ne m'achète pas.

SI pourtant aux grands mots d'une mufe fardée ,
Tu préfère, Lecteur , la naïve penfée
   Qui peint le cœur, le fentiment ;
   Achète-moi , je vaux bien ton argent.

---

(1) Bien des Auteurs donnent à corriger leurs Ouvrages à des
favans. On les leur rend fi perfectionnés & fi différens de ce qu'ils
étoient, qu'on pourroit dire que l'Auteur n'en eft pas l'Auteur.

Lis-moi dans une paix profonde,
Pour t'amufer, pour remplir tes loifirs,
Sans fronder, fans prétendre à de trop hauts plaifirs :
Il n'eft rien de parfait fur la machine ronde.

MALGRÉ mes réflexions & mes confeils, je m'attends bien à être critiquée, & avec juftice. Quand on veut mettre au jour à-peu-près toutes les Pièces que l'on a compofées, il eft fûr qu'il s'en trouve un nombre de foibles. Mais ce font quelquefois des ombres dans des tableaux, qui, fans cela, pourroient n'avoir encore aucun éclat ni aucun prix.

Au refte, fi on ne trouve pas beaucoup de verve dans mes Poéfies, du moins on y trouvera fouvent des penfées neuves, & quelquefois des penfées ingénieufes.

POÉSIES

POÉSIES

DE

Mᴵˡᵉ POULAIN DE NOGENT.

A MINERVE.

SONNET.

Puissante Déité, tréfor de la fageffe,
Minerve, c'eft à toi que ma Mufe s'adreffe :
Remplis ma douce attente, épure mes defirs,
Règle mes mouvemens, jouis de mes loifirs.

L'on n'éprouve avec toi ni douleur ni triftefe ;
Sous tes ailes mon cœur veut repofer fans ceffe :
Ne me fais donc goûter que d'innocens plaifirs,
Et de mon ame neuve éloigne les foupirs.

Que, dans mes actions, une vaine licence
Ne l'emporte jamais fur la fage prudence !
Sois feule, & pour toujours, la reine de mon cœur.

Oui, règne avec éclat fur mon ame fidelle :
Que foumife à tes loix, une fuprême ardeur
Me faffe triompher d'une gloire immortelle.

A

A L'AMITIÉ.

ÉLÉGIE.

Toi que l'on déifie à bon droit en tous lieux,
Déeſſe de mon cœur, digne préſent des Dieux,
Amitié précieuſe, Amitié véritable;
Où faut-il te chercher en ce temps déplorable,
En ce temps où tout eſt ſimulé, faux, trompeur?
Eh ! l'encens que l'on t'offre aujourd'hui fait horreur :
L'intérêt qui l'allume eſt un feu qui fait feindre,
Qu'un même moment voit s'exhaler & s'éteindre.
L'on ne vit que pour ſoi : nos douces liaiſons
N'ont plus rien d'aſſuré dans ces dures ſaiſons.
Le temps de l'âge d'or où tout étoit paiſible,
Pourra-t-il à nos maux n'être jamais ſenſible ?
Ne viendra-t-il jamais reparoître à nos yeux,
Et nous faire paſſer des jours délicieux ?
Hélas ! ce temps n'eſt plus : l'ambition, l'envie,
L'importune grandeur font le plan de la vie :
La vertu n'eſt de rien ; on la laiſſe en langueur :
L'argent, le ſot argent ſeul mène droit au cœur.
Et paré de ton nom, l'homme plein d'artifice,
Demande, exige encor un retour de juſtice.

O toi qui de moi-même as voulu triompher,
Vraie & pure Amité, viens me favoriſer ;
Oui, viens, protège-moi, ſois ma ſeule fortune :
Qu'une bonté de cœur, une ame peu commune
Me faſſent des amis dont la ſociété
Soit à jamais pour moi joie & félicité.

LA BEAUTÉ, LA VERTU, LA FORTUNE.

RONDEAU.

DE vrais appas brillent dans ma Climène,
Dit l'autre jour, dans sa riante veine,
Le fol Hilas à Damon, à Tircis;
Elle surpasse & Doris & Philis,
Et des beautés elle est la souveraine.

MON cœur n'est point pour une beauté vaine,
Répond Damon; mais il se rend sans peine
A la vertu, qui forme dans Doris
De vrais appas.

TIRCIS dit : Moi, selon le temps je vis;
Philis me plaît; mais je l'aime sans gêne :
Sans mériter, son mérite est sans prix;
Sans être belle, elle attire, elle enchaîne :
C'est, qu'à mon gré, sa bourse est toujours pleine
De vrais appas.

LA LIBERTÉ.

MADRIGAL.

A MON souhait enfin je chante
Les charmes de ma liberté.
Son doux pouvoir me ravit & m'enchante :

A ij

Mon cœur, dans sa tranquillité,
Ne connoît que félicité.....
Ma verve m'abandonne ; à trop d'attraits je cède !
Quand on jouit d'un bien, on sait qu'on le possède ;
Mais l'on n'en sait pas tout le prix.
Pour elle en vain j'appele mes esprits ;
En vain, pour l'exhalter, ma Muse s'évertue !.....
Je la chanterois mieux si je l'avois perdue.

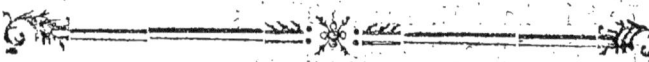

LA DISCRÉTION.

MADRIGAL.

Ce n'est point par de vains discours
Que s'expriment les vrais amours :
Le feu constant qui vit dans l'ame,
S'expose sans raisonnement;
Une sincère & vive flamme
Se prouve par le sentiment.

Un indiscret, en vantant sa tendresse,
Souvent s'apprête des tourmens.
Pour triompher avec délicatesse,
Taisez-vous donc, jeunes amans;
Prenez la prudence pour guide :
Un *je vous aime* a des appas;
Mais il ne vaut pas
Un respect timide.

LA FOLIE DES FEMMES.

ÉPIGRAMME.

FILLETTE veut goûter du mariage :
Elle en tâte ; elle éprouve, hélas, mille embarras.
Un bonheur imprévu la met dans le veuvage :
    La folle n'en profite pas ;
    Trois fois se remet dans les lacs,
    Quoique toujours elle en enrage.

LA CHICANE.

ÉPIGRAMME A THÉMIS.

QUE la Chicane, adorable Thémis,
Est une étonnante furie !
Chez elle il n'est que faux amis,
Qu'avides Procureurs, qu'odieuse manie.
Elle cause aux humains plus de maux, de soucis
    Qu'il n'est de vers & de fourmis.

LE FOL ESPOIR.

ÉPIGRAMME.

EN guerre, en procès, en amours,
En gagnant même, on perd toujours.

LE SOT.

ÉPIGRAMME.

UN Sot, par de grands mots, croit faire le favant;
Et, par un faux bel air, il fait l'homme important.
S'il en impofe à gens de la baffe féquelle,
    Qui, comme lui, font têtes fans cervelle;
    Les connoiffeurs, à fon air, fon caquet,
    Savent qu'il n'eft que finge & perroquet.

LA LANGUE.

ÉPIGRAMME.

LE bon Efope l'a bien dit;
    La Langue eft indéfiniffable :
Elle eft un inftrument excellent, ou maudit;
Par fois digne de Dieu, fouvent digne du Diable.

LE SILENCE.

ÉPIGRAMME.

PAR la langue, le fot étale fon efprit :
    Le favant s'en moque; il écrit.
    Le Chrétien feul dans le filence,
    Puife la divine fcience.

LES IGNORANS CENSEURS.

ÉPIGRAMME.

DE vrais baudets, pour faire les favans,
Sur des écrits portent leurs jugemens.
Mais que leur fert cette vaine pratique ?
De quel honneur leur fera la critique ?

L'ON voit, par leur décifion,
Que l'ignorance & la prévention
Sont, de leur fond, le plus bel apanage.
Il leur eft dû (ne leur refufons pas),
Pour le haut prix de leur fuffrage,
Ce qu'Apollon fit préfent à Midas.

L'INCONSTANCE.

ÉPIGRAMME.

UN aimable Berger aime la belle Hortence;
Elle applaudit, elle l'aime à fon tour.
Mais, fous les rofes de l'amour,
Mille épines fouvent naiffent de l'inconftance.

A iv

LA MODÉRATION ET LES INGRATS.

ÉPIGRAMME.

Doris a fait un Roman amufant,
Sage, femé de traits curieux de l'Hiftoire,
  D'anecdotes qui font fa gloire,
Loué du Journalifte & goûté du Savant.
A des concitoyens elle a donné l'ouvrage.
  Eux fots, méchans, d'abord l'ont épluché ;
    Puis l'ont cenfuré, décrié.
  Doris, tranquille, au milieu de l'orage,
    Dit, en fe riant des mépris :
    Nul n'eft Prophete en fon pays.

LE PHÉNIX.

ÉPIGRAMME.

Un ami véritable
  Eft un riche tréfor :
  Il eft plus defirable
  Que des millions d'or.
  Mais ce bien délectable,
Hélas ! hélas ! eft rare encor.

DÉSERTION
DE L'AMITIÉ ET DE LA JUSTICE(1).

L'AMITIÉ n'eſt plus rien ſur la terre ;
Elle eſt au ſéjour du tonnerre ;
La Juſtice eſt à ſes côtés.
L'intérêt vil , tous les vices voraces
Ont fait fuir ces deux Déités :
Au Palais des Divinités
Elles ont là de dignes places.

LA FORTUNE.

LA Fortune , au haut de ſa roue,
Place le grand homme & le ſot.
Au grand homme elle rit : du ſot elle ſe joue,
Le careſſe , lui fait la moue ;
Puis lui fait faire le gra   ſaut,
Quelquefois dans un tas de boue (2)
Que lui-même ſut amaſſer.
S'il a pu ſes os conſerver,
Douillette alors eſt la culbute :
Il ne lui reſte de ſa chûte

---

(1) Ceci peut ſe chanter ſur l'air : *Quand Iris prend plaiſir à boire* , en répétant : *Elles ont là* , &c.

(2) L'argent mal acquis , eſt une boue qui ſert trop ſouvent encore à ſauver ſon maître.

Qu'un barbouillage à nettoyer.
Heureux s'il fait fe bien laver !

PLUS heureux eft celui qui fait de la fortune
Méprifer la gloire importune,
Faire le bien, pratiquer la vertu,
Et mourir comme il a vécu.

AUX SOCIÉTÉS DES TUILERIES.

QUEL fpectacle amufant de voir aux Tuileries
Tous ces groupes de bons François,
Mines pâles, mines fleuries,
Dames, Abbés, Chevaliers, Gens de loix,
Négocians, Nobles, Bourgeois,
Se débiter d'agréables folies ;
Des nouvelles, & cœtera !
Tous pêle-mêle, c'eft à qui mieux mieux dira.

L'ON voit en eux différens caractères :
Les uns font gais, les autres férieux ;
Les uns polis, les autres dédaigneux....
Chut, chut ; ne cenfurons ni défauts ni chimères ;
Ma Mufe en vain voudroit donner leçon,
Chacun approuve, eftime fa façon.

CONTEMPLONS donc ces pelotons aimables.
Des perfonnages refpectables
Par leur état, leurs fonctions (1)
Ont droit à nos attentions.

(1) Abbés.

Tous méritent qu'on les honore
Comme patriotes zélés :
Quelques-uns fe font fignalés ;
Témoin, la croix qui les décore (1).

Si l'un d'eux a nouvelle en main,
Le troupeau fe triple foudain :
Tout preffe le lecteur, tout l'effaim l'environne ;
Et pendant que lit fa perfonne,
Sur les minois fe peint la joie ou le chagrin ;
Un fourd peut deviner fi la nouvelle eft bonne.

Sages Sociétés, que vos plaifirs font doux !
Dans vos innocens rendez-vous
Soyez toujours enfans de la patrie.
Que pendant vingt luftres de vie,
Un air falubre ici regne pour vous !

LE PRINTEMS AUX TUILERIES.

Dans ces parterres tranfcendans,
Et leurs gazons en tapis de verdure,
Tu triomphes, charmant Printems.
Dans leurs deffeins, leur antique ftructure,
Que de nobleffe & de grandeur !
Et, dans leur nouvelle parure,
Quel vif éclat, quelle fuave odeur !
Ici tout brille, & l'art, & la nature ;
Ici tout bénit fon Auteur.

---

(1) Chevaliers.

O marronniers, ô voûtes imposantes,
Que vous embellissez le jardin de nos Rois!
    Vous enchantez tout-à-la-fois
Par votre verd, naissant, vos feuilles dominantes,
    Vos toufes de fleurs ravissantes.

    TILLEULS, sous vos berceaux rians (1)
    On voit folâtrer mille enfans;
Des essaims de beautés y promènent leurs graces:
Des sots, des gens d'esprit, des graves, des plaisans,
    Des petits-maîtres, des pédans;
    Tous, à l'envi, suivent leurs traces,
Leur débitent de vrais & de faux complimens.

DES modes c'est ici le fastueux empire:
    Chacun se critique & s'admire.
    Que d'inutiles nouveautés!
Quel étalage vain! quelles frivolités!
    Le sage rit de ce délire,
    Et prudemment se contente de dire:
    O vanité des vanités!

L'ÉTÉ AUX TUILERIES.

ARBRES charmans, arbres toufus,
    Sous vos voûtes majestueuses,
Vous nous gardez des ardeurs de Phébus,
Du fier soufle d'Eole & des eaux orageuses.

---

(1) Allées du Printems.

Là, careffés par les Zéphirs,
Nombres d'amis aimables, eftimables,
Paffent des momens agréables;
Goûtent les vrais, les tranquilles plaifirs.

L'AUTOMNE AUX TUILERIES.

Que tout ce qui n'eft qu'ornement
Paffe vîte, eft foible agrément!
O chers abris, ô feuilles malheureufes,
Faut-il déja que vous tombiez?
Souvent, ainfi que vous, des têtes orgueilleufes,
Du faîte des grandeurs, fe trouvent fous nos pieds.

L'HIVER AUX TUILERIES.

L'Hiver, par fes frimats, fait languir la nature,
L'air répand de noires vapeurs.
Qu'êtes-vous devenus, parterres enchanteurs,
Gazons épais, & voûtes de verdure?
Mais tout ne fent pas la froidure;
L'ami pour fon ami reffent mêmes douceurs.
La glace, heureufement, fait refpecter les cœurs:
Près du feu, l'amitié s'entretient & s'épure.

LE PRINTEMS.

STANCES.

LE bruit des aquilons ne se fait plus entendre ;
L'air est doux & serein ; tout renaît en ces lieux ;
   Et si Flore en devient plus tendre ,
    Zéphire en est plus amoureux.

DE l'aimbable Printems nous ressentons les charmes ;
Nos cœurs & nos esprits savourent sa douceur ;
   Et l'Aurore verse des larmes
    Dont Céphale n'est plus l'auteur.

NOUS les voyons déja, ces larmes précieuses,
Enrichir nos jardins & nos vergers de fleurs :
   Là, mille odeurs délicieuses
    Donnent le prix à ses faveurs.

LE papillon léger, comme l'amant volage ,
De belle en belle va raconter son tourment.
   La constance est un esclavage
    Aux yeux des froids, des faux amans.

LA nature aux mortels rend un sensible hommage ;
Phébus répand ses feux sur ce vaste horison :
   Tout nous retrace le bel âge
    Dans les airs & sur le gazon.

LES arbres ont repris leur verdoyant feuillage ;
Sous leur voûte l'on sent voler les frais zéphirs.
   Les amans vont sous leur ombrage
    Former les plus tendres desirs.

LES oifeaux amoureux, par le plus doux ramage,
De la belle faifon nous chantent les douceurs ;
  Et Philomèle, en fon langage,
  Fait le récit de fes malheurs.

MAIS, par des chants fi beaux, nous fait-elle l'hiftoire
Du plus cruel amant, du plus barbare amour ?
  Non ; elle chante la victoire
  Que fa vengeance eut à fon tour.

LA Bergere, déja vers la tendre prairie,
Conduifant fon troupeau, précipite fes pas ;
  Et la campagne refleurie,
  Ne fait qu'augmenter fes appas.

SON Berger qui la fuit, dans fon tranfport extrême,
Lui prouve fon amour par un trouble charmant ;
  Et fans lui dire : *Je vous aime*,
  Elle le devine aifément.

SON ame paroît fière au Berger qu'elle enchante ;
Puis après elle feint pour lui de s'enflammer.
  C'eft toujours par-là qu'une amante
  Voit fi fon amant fait aimer.

C'EST dans le calme heureux de fon indifférence
Qu'elle difpofe alors fon cœur pour fon Berger.
  L'amour éprouvé, la conftance
  Font fuir la crainte & le danger.

UN cœur ne peut tenir contre un cœur qui l'adore ;
Après l'épreuve il vient un précieux moment :
  On l'aime ; il aime plus encore
  Pour payer fon retardement.

HEUREUX donc un Berger tendre, prudent & fage,
Qui fait peindre le feu d'un véritable amour!
    Sa Bergère en reçoit l'hommage,
    Et lui peint le fien à fon tour.

PAR le don de la main s'acheve la victoire.
L'Epoux oublie alors fes foucis, fa langueur :
    Il ne rappèle à fa mémoire
    Que le charme d'être vainqueur.

L'AMOUR ET L'HYMEN
VAINQUEURS,
OU
LES BERGERS FEINTS.

ÉGLOGUES.

AMINTHE ET TIRCIS.

TIRCIS.

QUE faites-vous, Aminthe, en ce sombre bocage ?
Eprouvez-vous d'Amour la douceur du langage ?
La beauté de Daphnis, ses soupirs amoureux,
Vous ont-ils attirée en ces sauvages lieux ?
Que cette solitude auroit pour moi de charmes,
Si de mon tendre cœur vous calmiez les alarmes !
Hélas ! si vous vouliez, cher objet de mes vœux,
Répondre à mes transports, rendre Tircis heureux ;
Vous verriez que Daphnis & son ardeur nouvelle
N'approcheront jamais de ma flamme éternelle.

AMINTHE.

A quoi penses-tu donc, téméraire Berger ?
Qui montre un cœur jaloux, montre un amour léger;
D'un pareil cœur le mien n'accepte point l'hommage,
Nul autre cependant, nul autre ne m'engage;
Daphnis, ainsi que toi, prôneroit son amour,
Qu'il ne trouveroit pas dans mon cœur du retour.
Ainsi, pour moi, Tircis, tes feux n'ont aucuns charmes
L'Amour voudroit en vain me ranger sous ses armes;
D'autres plaisirs ont su fixer, ravir mon cœur :
Ne viens donc point ici traverser mon bonheur.

TIRCIS.

Quoi ! seroit-il possible, adorable Bergère,
Que l'amour, jusqu'ici, n'eût encore su vous plaire?
Mais quels puissans plaisirs peuvent donc vous toucher
En est-il, en ces lieux, qui puissent vous charmer?
Car enfin, sans amour, qu'y peut-on venir faire?
Sans amour, quels plaisirs peuvent y satisfaire?

AMINTHE.

Des plaisirs vrais, Berger. Dans ce riant séjour
Il n'est rien d'ennuyeux, tout y plaît sans l'amour.
Oui, sous ces arbres frais, sous cet épais feuillage
Je goûte avec attrait la douceur de l'ombrage :
L'haleine des Zéphirs y maintient la fraîcheur
Quand Phébus de ses feux fait sentir la chaleur :
Eprise des beautés de la simple nature,
J'admire ce ruisseau, qui, par son doux murmure,

M'invite à comparer le coulant de son eau
A ces feux passagers des Bergers du hameau :
L'amour constant & pur des oiseaux du bocage
Me fait plaindre ces cœurs qu'un fol amour engage ;
Et joignant mes accens à leurs divins concerts,
Je chante les beautés de ces charmans déserts.
Voilà, Berger, voilà les plaisirs qui m'enchantent,
Qui toujours sont nouveaux, & toujours me contentent.

TIRCIS.

Mais l'Amour, belle Aminthe, ajoute à ces plaisirs :
Ne savez-vous donc pas que les tendres soupirs
Ont, ainsi que la voix, leurs sons, leur harmonie ?
Que l'amour est par-tout une source de vie ?
Que les oiseaux ne sont, dans tous leurs mouvemens,
Qu'une imitation des fideles amans ?
J'atteste ces oiseaux, tout ce bocage sombre,
Ces eaux, vos yeux aussi, que je suis de ce nombre.
Acceptez donc mes vœux, mon hommage, mon cœur,
Et mutuellement faisons notre bonheur.

AMINTHE.

Non, Tircis, tes discours n'ébranlent point mon ame,
Je suis sourde à ta voix, insensible à ta flamme :
Eh ! la sincérité dans le cœur des amans,
N'est pas plus de saison que l'amour du vieux tems.

TIRCIS.

Eh mais ! si vous saviez, adorable Bergère,
Que ma tendresse est vraie, & constante & sincère ;

Vous permettriez donc à mon fidele amour,
De venir au plutôt embellir votre cour.

A M I N T H E.

MA cour ! une Bergère entend peu ce langage ;
Elle ne connoît rien que les noms de bocage,
De fougère, de fleurs, de zéphirs, de moutons,
De houlette, d'oiseaux, quelquefois de chansons.

T I R C I S.

OUI ; mais vous m'entendez, vous qui, charmante
    Aminthe,
N'êres, depuis un mois, qu'une Bergère feinte......
Eh, quoi ! vous rougissez ! Si j'ai suivi vos pas,
L'Amour seul l'a voulu ; ne m'en punissez pas.

A M I N T H E.

QU'AS-TU dit là, Tircis ? D'où peux-tu me connoître
Et si je ne suis point ce que je veux paroître,
Toi-même n'es-tu pas tout autre qu'un Berger ?
D'état, de nom, d'habit qui te porte à changer ?

T I R C I S.

VOUS-MÊME, cher objet de ma flamme fidelle,
Pourriez-vous me blâmer ? vous êtes mon modèle.

A M I N T H E.

QUE tes discours, Berger, me causent d'embarras !
D'où me connois-tu donc ? Je ne te connois pas.

T I R C I S.

NE vous alarmez pas, trop aimable Bergère;
Si mon cœur sait aimer, mon amour sait se taire.
J'ai vu la Capitale être votre séjour:
Vous m'inspirâtes là le plus sincère amour,
Et jamais je n'osai vous déclarer ma flamme.
Mon feu se concentra fortement dans mon ame;
Il étoit le jouet de ma timidité:
Mais je ne vous vis plus, ô ma Divinité!
Courons chercher Eglé, dis-je, dans ma détresse,
Loin d'elle je ne sens que langueur, que tristesse.
J'y vole: Amour me guide. Un doux pressentiment
Vous annonce à mon cœur par un tressaillement.
Je vais, je viens, j'arrive enfin vers ce bocage.
Les oiseaux gazouilloient: j'écoute leur ramage;
Ma tendresse s'éveille à leurs tendres concerts.
Une voix tout-à-coup pénètre dans les airs:
Mais quelle voix! grands Dieux, quelle douce harmonie!
Quels accens! & quels sons! ah quelle mélodie!
A peine je respire. Un buisson fort toufu
M'invite à m'approcher: je vois sans être vu.
Eh! ce n'étoient pas là les chants d'une Bergère;
C'étoit vous, belle Eglé, sur la verte fougère.
Mes sens sont éperdus!.... Je cours vers le hameau:
J'achète d'un Berger un habit, un troupeau,
Une musette douce, un chien, une houlette:
Un chapeau de clabaud achève mon emplette.
Ce beau blondin me dit qu'il est de vos amis;
Que vous vous appelez Aminthe, & lui Daphnis:
Il vante son amour dans un air qu'il fredonne.
Lors ma timidité tout-à-coup m'abandonne;

Je pâlis, je frémis, je jure par les Dieux
Que je vais de ce pas vous déclarer mes feux.
Sous le nom de Tircis à vous je me présente :
Approuvez-vous, Eglé, ma démarche innocente?

A M I N T H E.

ENCORE un mot, Berger : dis-moi, quel est ton nom?

T I R C I S.

BELLE & charmante Eglé, je m'appèle Damon.

A M I N T H E.

MAIS es-tu ce Damon que l'Amour effarouche?
Qui ne veut plaire à rien ? qu'aucun objet ne touche?

T I R C I S.

OUI ; mais, aimable Eglé, je vous adore, vous,
Et de votre cœur seul mon amour est jaloux.

A M I N T H E.

BERGER, loin du tumulte & du fracas des villes,
Je passe ici des jours & sereins & tranquilles ;
Je renonce à l'amour, aux peines, aux tourmens
Que ressentent toujours les plus heureux amans.
Ne viens donc point ici troubler mon innocence ;
C'est dans le calme vrai de mon indifférence,
Que je mets mon bonheur, ma joie & mon espoir
Adieu, Damon, fuis-moi, je ne veux plus te voir.

TIRCIS.

Dieu d'Hymen, Dieu d'Amour, ah! soyez-moi propices.
Chere & divine Eglé, je viens, sous leurs auspices,
Vous présenter ma main & vous offrir mon cœur,
Ma tendresse, mes vœux, & toute mon ardeur.
L'union de ces Dieux aujourd'hui vous engage ;
Rangez-vous sous leurs loix; rendez-leur cet hommage:
Pourriez-vous résister à leur attrait vainqueur ?
Vous vous troublez, Aminthe..... Ah! je vois mon
    bonheur ;
Je le lis dans vos yeux; vous êtes mon Amante !
Quelle douce langueur! quelle rougeur charmante !....
Quittons ces lieux, allons dans notre ancien séjour.
Y suivez-vous, Aminthe, & l'Hymen & l'Amour?

AMINTHE.

Oui, Damon, tes discours excitent dans mon ame
Des transports ravissans, une invincible flamme :
Je me rends ; & déja mon cœur est plus à toi
Dans ce premier moment que le tien n'est à moi :
Je ne te cède point, ma tendresse est extrême ;
L'Amour m'assujétit à son pouvoir suprême :
Ton feu noble & touchant, tes solides attraits,
Pour vaincre ma fierté sont de valeureux traits.
Avec l'Hymen, l'Amour ignore les caprices;
Avec l'Amour, l'Hymen ne connoît que délices :
Leur aimable union rendra nos jours charmans :
Voilà ma main, mon cœur : soyons toujours amans (1).

---

(1) Cette Eglogue n'a jamais été de mon goût. J'ai fait les six suivantes, pour m'éprouver en ce genre. Je ne sais pas si je trouverai des approbateurs; mais je suis sûr de trouver des critiques.

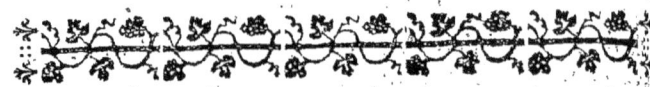

POÉSIES

PASTORALES ET MORALES.

L'AMOUR VÉRITABLE.

PREMIERE ÉGLOGUE.

SILVANDRE, DAMON.

DE plaisirs & de pleurs l'amour est une source.
Le soleil avoit fait soixante fois sa course,
Depuis qu'hélas ! Silvandre avoit vu dans nos bois
La charmante Doris pour la première fois.
Par goût, non par état, Doris étoit Bergère.
Un maintien grave, noble, une taille légère,
Une beauté piquante, un port majestueux
Lui gagnoient tous les cœurs en fixant tous les yeux.
Silvandre, en la voyant, sentit naître sa flamme :
Pour la première fois l'amour entre en son ame.
De sa chere Doris alors il suit les pas ;
Mais près d'elle il ne sent qu'amour & qu'embarras :
Le respect le retient, il n'ose dire, *j'aime.*
Ah ! qu'un amour timide est aimable ! est extrême !...
Doris tombe malade, & Silvandre aux abois,
Fait retentir les airs de sa plaintive voix :

» Doris

» Doris se meurt, dit-il, je vais perdre la vie :
» Aux Champs Élisiens elle sera suivie.
» Toi qui par mille attraits brille dans l'Univers,
» Tu vas donc devenir la pâture des vers?
» Quelle réflexion accablante & cruelle!
» Mort, pourrois-tu détruire une image si belle?
» L'objet, le seul objet digne de mon amour,
» Sans savoir que je l'aime, hélas! perdroit le jour! »
  Damon passoit par-là. Damon aimoit Silvandre :
Quoi! Silvandre amoureux, dit-il! il faut l'entendre.
Il se tapit derrière un arbrisseau touffu :
Puis il se montre alors qu'il a tout entendu.
Le bon Damon étoit oncle de la Bergère.
Silvandre n'étoit pas un Berger ordinaire.
Damon voit avec joie un avenir heureux :
De sa nièce Silvandre étoit l'objet des vœux.

D A M O N.

  Ai-je bien entendu? Quoi! Silvandre si sage
Est en proie à l'amour? Quel nouveau personnage!
Que je te plains, Berger! L'amour est un poison
Pour les mœurs, la vertu, l'esprit & la raison.

S I L V A N D R E.

  Vous me feriez rougir, Damon, si ma tendresse
N'avoit pas pour objet la vertu, la sagesse.
Sans doute, en m'écoutant, vous avez bien compris
Que mon cœur & mes vœux ne sont que pour Doris.
Ses graces, sa beauté, je l'avouerai moi-même,
Sur mes sens éperdus ont un pouvoir suprême :

                                 B

Mais, malgré tant d'attraits, leur pouvoir feroit vain,
Sans fa bonté de cœur & fon efprit divin.
Elle vous appartient ; dites-m'en des nouvelles.
Mon ame eft pour fes jours dans des tranfes mortelles.

DAMON.

JE prévois que fon mal ne l'enlevèra pas.
Mais que te feroit donc fa vie ou fon trépas,
Si pour le Dieu du ciel fon cœur vit & foupire ?
Que te ferviroit-il de l'aimer, de le dire ?
Aime-la tout de bon, prends part à fon bonheur,
Et ne la trouble pas dans le repos du cœur.

SILVANDRE.

MA force m'abandonne ; à ce coup je fuccombe.

DAMON.

AIMEROIS-TU donc mieux la voir fous une tombe
Peut-être fon Auteur ne la rend aujourd'hui,
Qu'afin qu'elle fe donne entièrement à lui.

SILVANDRE.

A lui ! Sage Damon, Doris eft trop aimable....

DAMON.

SILVANDRE, fommes-nous des bergers de la Fable
Quel blafphême étonnant ! Crains, crains d'un Dieu
    jaloux,
Pour ta Bergère même un trop jufte courroux.

SILVANDRE.

NON, non; conserve-la pour toi, Bonté divine;
Que ton plus bel ouvrage échappe à sa ruine!
Reçois mon sacrifice.... Ah! Damon, je me meurs.

DAMON.

C'EN est assez, Silvandre, il faut sécher tes pleurs :
L'on peut être à son Dieu dans un saint mariage.
J'ai voulu t'éprouver; rappelle ton courage:
Tu seras mon neveu, je t'en donne ma foi;
Doris t'aime, t'estime; elle sera pour toi.

L'AMOUR VOLAGE.

DEUXIÈME ÉGLOGUE.

HILAS, FLORISE.

HILAS.

BERGÈRE, serviteur. Me voilà hors d'haleine ;
Je te cherche par-tout dans les bois, dans la plaine.
Je t'aime, tu me plais. Dis-en autant de moi.

FLORISE.

IL me faudroit mentir, je ne sens rien pour toi.

HILAS.

MAIS y penses-tu bien, ma charmante Florise?
N'aimer pas qui nous aime est travers, est sottise;

B ij

Ingratitude extrême & noire trahison.

F L O R I S E.

Ce peut être sagesse, & prudence & raison.

H I L A S.

Pour la première fois je trouve une cruelle.

F L O R I S E.

Pour la première fois tu n'es pas infidèle :
Graces à ton génie, il n'est aucun amant
Qui comme toi soit faux en amour, en serment.
Tous les jours l'on te voit courir de belle en belle :
Dorinde, Palinice, Amarillis & Stelle
Ont ébloui tes yeux, ont enlevé ton cœur.
Pour elles ton amour n'étoit qu'une vapeur
Très-digne de pitié, de mépris, de risée.
Celui qui vient de naître est une autre fusée
Qui peut avec éclat se perdre dans les airs;
En vain un inconstant voudroit porter mes fers.

H I L A S.

Frippone, pourquoi donc refuser mon hommage?
Tu diras que mon cœur est un peu trop volage.
Oui; mais c'est mon plaisir, mon goût, ma vanité :
En amour comme en fruits, j'aime la nouveauté.
Un Guerrier fameux court de victoire en victoire
Pour illustrer son nom, pour accroître sa gloire.

Moi, mettant mon honneur à foumettre des cœurs,
Je prétends que je fuis le plus grand des vainqueurs.
A ton tour aime-moi, rougis de tes querelles;
Les fameux Conquérans plaifent toujours aux Belles.

FLORISE.

A ton difcours brillant, à ton amour léger
L'on voit bien que tu n'es, Hilas, qu'un feint Berger.
Les Villes t'ont gâté; tu crois qu'une Bergère
Doit t'aimer, t'adorer dès qu'elle a fu te plaire.
Damon a fouvent dit qu'un amant inconftant
Ne contente jamais, & n'eft jamais content.

HILAS.

QUE me font les difcours Damon eft un vieux fage;
Je ferai comme lui lorfque j'aurai fon âge.

FLORISE.

DAMON, chacun le dit, étoit dans fon printemps
Auffi fage, auffi bon, qu'il eft dans fon vieux temps.
La raifon fied fi bien à l'aimable jeuneffe !
Elle embellit toujours, même dans la vieilleffe.
La vertu dans les vieux eft un foleil couchant :
Dans les jeunes, Hilas, c'eft un foleil levant.
Adieu; fur ton minois je vois l'impatience :
Tu feras malheureux par ta feule inconftance.

L'AMOUR CONSTANT.

TROISIÈME ÉGLOGUE.

LICIDAS, PHILIS.

PHILIS.

Je te trouve à la fin malgré tous tes détours.
Eh! m'aimeras-tu donc en me fuyant toujours?
L'un à l'autre promis dès notre tendre enfance;
Nos parens sans délai veulent notre alliance.
Pourquoi, depuis huit jours, es-tu triste & rêveur?
Ne serois-je donc plus le bijou de ton cœur?
Ne serois-je donc plus ta Philis bien-aimée?
Hélas! cher Licidas, crains-tu notre hymenée?

LICIDAS.

Non, Philis; mais je crains tes cruelles froideurs.

PHILIS.

D'où naissent, cher ami, tes injustes frayeurs?
Qui peut t'avoir causé de si vives alarmes?
Tu pleure, & mes yeux se remplissent de larmes.
Quelque ennemi couvert t'aura rendu jaloux:
Oui; tu lance sur moi des regards de courroux;
Je ne dis pas un mot que ton cœur ne se serre:
Tout cela dit assez que grande est ta misère.
Tu m'en veux, je le vois; mais parle sans détour;
Tu trouveras en moi toujours le même amour.

LICIDAS.

MON amour est pour toi toujours vif, toujours tendre;
Mais, perfide, le tien n'est plus que pour Silvandre.

PHILIS.

J'ADMIRE ton dépit, Berger, je le chéris :
Eh! tu n'as donc pour moi ni dédain, ni mépris?

LICIDAS.

HÉLAS! tu n'as que trop mon amour, mon estime;
De cesser de t'aimer je me ferois un crime.
Je t'aimai tout enfant : si c'est pour mon malheur,
Il ne sera pas long; je mourrai de douleur.

PHILIS.

TU vivras, cher ami, j'en jure par moi-même :
Ma tendresse est pour toi vive, constante, extrême.
Je veux par un seul mot dissiper ton chagrin :
Silvandre aime Doris; il l'épouse demain.

LICIDAS.

JE respire, Philis : que ce mot me soulage!
Que ne me parlois-tu de ce projet si sage ?

PHILIS.

J'AI voulu t'en parler; coquin, tu me fuyois :
Je fuyois à mon tour lorsque je te voyois.

B iv

Doris, comme tu fais, m'eſt amie & parente :
J'ai preſſé ſon bonheur , & me voilà contente.
Qui t'a rendu jaloux, mon pauvre Licidas?

LICIDAS.

SILVANDRE t'adoroit, diſoit le grand Colas;
Tu le ſuivois par-tout, tu l'aimois à la rage.

PHILIS.

LE méchant ! il ſavoit le prochain mariage.
C'eſt lui qui me diſoit que je n'ai plus ton cœur :
Il vouloit nous brouiller. Fuyons-le avec horreur.

LICIDAS.

PLAIGNONS ſon cœur mauvais & ſa pauvre caboche;
Par mépris gardons-nous de lui faire reproche ;
Laiſſons au Dieu du ciel le ſoin de nous venger :
Nous le ferons aſſez s'il veut bien le changer.

PHILIS.

OUI, mon cher Licidas; Dieu peut d'un homme infâme,
A ſon gré faire un homme à bon cœur, à belle ame,
Que ſur le grand Colas il répande ſes dons,
Et lui pardonne, ainſi que nous lui pardonnons !

LICIDAS.

PERSONNE mieux que lui ne connoît ma conſtance:
L'autre jour il m'offroit un parti d'importance :

Je lui dis : ma Philis a mon cœur & mes vœux ;
Je ne pourrai jamais qu'avec elle être heureux.

PHILIS.

Je regarde (il le fait) comme une offre importune,
La propofition d'un époux en fortune.
Il m'en vint offrir un, que je fus dédaigner :
Le traître m'excitoit à te le préférer.

LICIDAS.

Souvent dans la misère eft l'époufe d'un riche :
Le bien rend l'homme dur, infatiable, chiche.
Un mari, comme moi, fage & laborieux,
Met fon époufe à l'aife, & rend fon cœur joyeux.

PHILIS.

L'on eft toujours heureux lorfqu'on eft raifonnable.
Dans notre état borné quel plaifir délectable
De vivre fans defirs & fans ambition,
Dans la tranquille paix & l'aimable union !

LICIDAS.

Parlons, chère Philis, de ta bonne nouvelle.
Je vais donc poffféder mon Amante fidelle ?

PHILIS.

Tes parens inquiets de ton air de fouci,
Ont dit aux miens qu'il faut nous unir ces jours-ci.

Avec empreſſement j'ai couru bois & plaine
Pour venir te ſonder & te tirer de peine.

LICIDAS.

GRACES au grand Colas, à toute ſa noirceur;
Sa langue de ſerpent va hâter mon bonheur.

PHILIS.

QUELLE félicité d'être à l'objet qu'on aime,
Lorſque des deux côtés l'on s'eſtime de même !
Quand mon amour naquit, j'étois dans le berceau:
Je ſerai toute à toi, Berger, juſqu'au tombeau.

LICIDAS.

IL n'eſt rien de plus fort que les amours premières;
Elles vivent toujours, en dépit des dernières.
C'eſt un feu quelquefois ſous la cendre caché :
Il n'en eſt que plus doux & que mieux conſervé.

L'AMOUR INTÉRESSÉ.

QUATRIÈME ÉGLOGUE.

CORILAS, STELLE.

CORILAS.

MON cœur depuis long-temps de toi, Stelle, eſt
charmé :
Quand j'aime, j'aime bien ; mais je veux être aimé.

Je t'offre tous mes vœux & toute ma tendresse.
Te sens-tu disposée à me plaire sans cesse ?
Car c'est, ma chère Stelle, en mari que je viens :
Toi seule as mon amour ; vois si je te conviens.
Tout le monde de toi fait de grandes louanges.
Douce comme un agneau, belle comme les Anges,
Je ne pourrai jamais qu'être heureux avec toi :
Tu seras, je promets, très-contente de moi.

S T E L L E.

Si tu m'aime, bientôt l'affaire sera faite.
J'avois pour ta personne une estime secrète ;
Je craignois, je tremblois qu'elle ne vît le jour :
Je me dissimulois que c'étoit de l'amour ;
Mais ce trait, Corilas, dit assez que je t'aime.

C O R I L A S.

Que cet aveu m'enchante ! ah ! ma joie est extrême.
Je n'osois te parler, je craignois un rebut ;
Et dans le même instant je parviens à mon but :
Car il ne s'agissoit que de pouvoir te plaire.
Je t'avois demandée à Palémon ton père :
Il me dit (pour ne point traverser ton bonheur)
Qu'il vouloit te laisser maîtresse de ton cœur.
Je puis donc à présent laisser vivre ma flamme,
Et me livrer sans crainte aux transports de mon ame ?

S T E L L E.

Je n'aime point, Berger, tes discours amoureux ;
J'ai toujours fui les gens à propos doucereux.

Si mes parens de moi me laiſſent la maîtreſſe,
Ce n'eſt qu'après m'avoir inſpiré la ſageſſe.
Je t'aime pour avoir mille fois entendu
Mon père te louer, exalter ta vertu;
Je n'abuſerai pas du pouvoir qu'il me donne;
Sa bénédiction vaut mieux qu'une couronne:
La raiſon, Corilas, ſait faire des heureux,
Et la religion ſait épurer les feux.
Lorſque l'on veut s'unir par un ſaint mariage,
L'on ne doit adopter qu'un attachement ſage.
Je réglerai toûjours mon goût, mes ſentimens
Sur ceux que je verrai dans mes tendres parens.

CORILAS.

Eh quoi! tant de vertu, de raiſon, de juſteſſe,
De piété filiale avec tant de jeuneſſe!
Si pour toi, cher objet, le ciel m'a deſtiné,
Mon ſort eſt le plus rare & le plus fortuné.
Des femmes du canton tu feras le modèle:
Je ſerai des maris, Stelle, le plus fidèle.

STELLE.

C'est ce que mes parens entr'eux ont toujours dit.
Avec un doux plaiſir j'écoutois leur récit:
Corilas ne va point courir de belle en belle,
Diſoient-ils; ce ſera comme la tourterelle:
A ſa ſeule compagne il ſaura s'attacher,
Et fera ſon bonheur ſans jamais l'altérer.

CORILAS.

Oui, je ſerai toujours un mari raiſonnable;
Ma conduite rendra notre vie agréable.

Des augmentations dans nos biens , nos troupeaux ,
Rendront folidement nos jours rians & beaux.
J'ai jardin, j'ai verger , & grande eft ma chaumine :
Tu les embelliras par ta charmante mine.

STELLE.

PAR mes foins vigilans tout y fructifiera,
Vaches , chèvres , brebis , volaille & cœtera.
Telle qu'on voit maman ; telle on verra fa fille :
L'économie en nous eft un bien de famille.
Sans fonds mes père & mère ont foin des indigens :
Plus ils donnent & plus leurs biens font abondans.
De fécondes brebis dans notre bergerie ,
Un lait doux , plein de crême en notre laiterie ,
Des légumes , des fruits ; tout en profufion ,
Nous annonce du ciel la bénédiction.

CORILAS.

MAIS fouvent le fouci s'empare de nos têtes ,
Quand la mortalité nous enlève nos bêtes.
Alors de nos troupeaux la diminution
Annonce donc du ciel la malédiction ?

STELLE.

IL n'eft point ici bas de bonheur fans mélange ;
Au gré du Créateur tout demeure ou tout change :
Il peut détruire tout , ravager, faccager ;
C'eft ou pour nous punir , ou pour nous éprouver :
Nous n'en devons pas moins être bons , charitables ;
L'aumône n'a jamais fait de gens miférables ;

On doit au moins, Berger, faire ce que l'on peut,
Lorsque l'on ne peut pas faire ce que l'on veut.

CORILAS.

TA conversation, Bergère, est raviffante.
Que mon ame avec toi se trouvera contente!
Ne me fais pas languir, preffe notre union.
J'ai des terres, des prés, une bonne maifon,
Un jardin, un verger, une excellente vigne.
De moi, de tous ces fonds ma feule Stelle eft digne.
Je te donne un cœur neuf qui n'a point coquetté:
Un volage eft toujours pauvre, même endetté.
Mon goût eft d'entaffer piftoles fur piftoles:
De més jours je n'ai fait de dépenfes frivoles.
Nous aurons des enfans à nourrir, élever:
Il faut penfer d'avance à les bien marier.
Heureufement un jour te viendront des richeffes,
Dont nous pourrons leur faire amplement des largeffes

STELLE.

AH! ne me parle pas de ce temps de douleur.

CORILAS.

TES père & mère font encor pleins de vigueur.
Je parle de ton oncle; il eft vieux & débile:
L'on affure qu'il eft l'opulent de fa ville,
Et qu'il te laiffe tout par un bon teftament.
C'eft un efpoir bien doux, bien flatteur, bien charmant

STELLE.

CET efpoir n'a plus lieu: cet oncle en fon vieux âge,
Par compère & commère a fait un mariage.

A préfent même il eft père de trois enfans,
Qui font, à ce qu'on dit, bien mangeans, bien portans.

C O R I L A S.

Quels bourreaux de parens! que le Ciel & fon foudre,
Dans ce même moment, les réduifent en poudre !

S T E L L E.

Quelle imprécation ! oh ! quel air de dépit
Se fait voir tout-à-coup fur ton front interdit !
Tu détourne les yeux. . . Vas, je lis dans ton ame :
L'amour intéreffé n'eft qu'un amour infâme.
Je t'aimois te croyant de réelles vertus :
Tu n'en as que l'écorce, & je ne t'aime plus.

C O R I L A S.

Depuis que tu n'as rien, mon amour s'évapore.
Je croyois t'aimer mieux, quoique je t'aime encore :
Mais une femme riche aura bientôt barré
Dans mon cœur cet amour que je t'avois juré.

S T E L L E.

L'indolence eft de droit dans une femme riche :
Une époufe indolente eft une terre en friche.
Avec un tel objet vas paffer de longs jours :
Vers mes parens je vais rire de tes amours.

L'AMOUR GÉNÉREUX.

CINQUIÈME ÉGLOGUE.

ALCANDRE, DORINDE.

DORINDE.

IL faut que je te parle, Alcandre, fous le mafque.
Si tu le veux, je fuis foible ou même fantafque.

La maladie, hélas! fatale à la beauté,
N'a que trop ravagé dans le dernier Été.
Elle vint, tu le fais, fur mon pauvre vifage
Me faire le plus grand, le plus fenfible outrage.
Mes Amans me fuyoient tous : tous, excepté toi.
Hilas raillant difoit que je n'étois plus moi.
Tous avoient avec moi voulu faire alliance :
Je ne favois auquel donner la préférence :
Le Ciel à mon fecours vint avec le malheur,
Me faire lire au fond de leur perfide cœur.
Ah! dans le tien je vis la pitié, la tendreffe ;
Je te vis partager ma honte, ma détreffe :
Sans détourner les yeux, plein de compaffion,
Tu faifois, cher Berger, ma confolation.
Je voulus m'éloigner, dans la pleine affurance
Que mon Alcandre feul fentiroit mon abfence.
Six mois font écoulés. Pourrois-je à mon retour,
Retrouver dans Alcandre un véritable amour?
Sans craindre de reproche, il faut m'ouvrir ton ame :
Pourrois-tu fupporter la laideur dans ta femme?

A L C A N D R E.

Que cette queſtion a pour moi de douceur !
Divine Dorinde, oui ; vous ferez mon bonheur
Par votre aimable eſprit, votre cœur que tout aime,
Vos nobles ſentimens ; par votre laideur même
Qui dira que dans vous un mérite éclatant
A décidé mon choix, me rend le plus content.
Sans crainte, montrez-moi votre chère figure.

D O R I N D E.

T'attends-tu bien à voir l'horreur de la nature ?
Y prépare-tu bien tes compâtiſſans yeux ?
Ne vas pas m'accabler par un air dédaigneux :
Sur-tout, qu'un *ah* ! d'effroi ne ſorte de ta bouche.

A L C A N D R E.

Eh ! non, non ; ce n'eſt point la beauté qui me touche :
Avec tranquillité je vous regarderai.
Je vous plaindrai, Dorinde, & vous adorerai.

D O R I N D E.

Voyons ſi tu pourras me tenir ta promeſſe.
Cher Alcandre, voilà ta fidelle maîtreſſe.

A L C A N D R E.

Ah ! … Le voilà ſorti mon *ah* ! d'étonſement.
Raviſſante Dorinde, ah ! quel enchantement !

Vous annoncez dans vous un objet effroyable :
Vous vous montrez ; je vois un objet adorable ;
Le mal chez vous n'a fait qu'augmenter vos attraits,
Que mon cœur & mes yeux se trouvent satisfaits ! . . . .
Mais je ne serai plus qu'un Amant ordinaire.
Beauté , ne m'es-tu point plus fatale que chère ?
Mon amour généreux, Dorinde, triomphoit.
Votre feinte laideur me plaisoit, m'enchantoit.
Me voilà donc , hélas ! trompé dans mon attente ?

D O R I N D E.

Quoi ! tu n'es pas content lorsque je suis contente ?

A L C A N D R E.

Mon bonheur me troubloit, je ne le sentois pas :
Oui, jouissons tous deux de vos divins appas.
Vous admirer toujours fera toute ma gloire.

D O R I N D E.

Au Temple dans six jours j'assure ta victoire.
Je resterai masquée encore tout ce temps,
Pour tromper & punir mes perfides Amans.
Je n'insulterai pas à leur vive surprise ;
Je ne leur rendrai point sottise pour sottise :
Eux-mêmes ils seront, Alcandre, assez confus
De te voir triompher par tes seules vertus.

L'AMOUR CONJUGAL.

SIXIÈME ÉGLOGUE.

DAMON, ATIS.

DAMON.

Bon jour, mon cher Atis : à ton air de gaîté
L'on devine aisément que bonne est ta santé,
Que ton cœur est content de ta femme gentille,
Et qu'il en est ainsi de toute ta famille.

ATIS.

Oui, je suis, cher Damon, content de mon bonheur,
Quoiqu'il soit traversé souvent par la douleur.
Mais dans ce monde est-il félicité parfaite ?
Ce matin le poupon que mon épouse alaite,
Dans les mains de sa sœur apperçoit un moineau.
Il gambade, le veut, saute de son berceau.
L'enfant jette des cris ; la mère est tout en larmes ;
Et mon troupeau m'arrache au milieu des alarmes,
Pour venir dans les champs dévorer mes ennuis.
Je suis, vous le voyez bien moins gai que soumis.

DAMON.

Pour ses plus chers amis la sage Providence
Fait naître des sujets par fois de patience.
Les membres de l'enfant ne souffriront-ils point ?

ATIS.

Non ; sa vivacité jointe à son embonpoint ,
Ont garanti ses os de la moindre fracture ;
Son petit corps n'a rien qu'un peu de meurtrissure :
Sa mère sent son cœur plus que son embarras.
Ainsi m'est venu dire en courant mon Lucas.

DAMON.

Sans doute , la gaîté qui pare ton visage,
Vient de cette nouvelle ? Ami , je la partage.
Notre auteur quelquefois ombrage nos beaux jours;
Notre soumission rappelle son secours.

ATIS.

Avant que mon fils vînt, mon ame étoit tranquille;
Je crois devoir ce calme à mon esprit docile ;
Et ma docilité vient de vos bons avis.
Heureux de nos Bergers ceux qui les ont suivis!
Silvandre , Licidas , Tircis sont de ce nombre.
Hilas & Corilas du bonheur n'ont que l'ombre :
Dans le choix d'une épouse ils ont fait leur malheur.

DAMON.

C'est qu'ils n'ont consulté que les yeux ou le cœur.

ATIS.

Et le vil intérêt. Plus faux que tous les diables,
Il fait avec de l'or mille gens misérables.

Vous l'avez toujours dit. Vous avoir écouté
A fait le fondement de ma félicité.
J'ai pris Lise sans bien : elle avoit la sagesse,
La bonté, la douceur, la gaîté, la jeunesse.
Moins jolie à quinze ans qu'elle n'est à vingt-trois,
Par sa beauté le Ciel applaudit à mon choix.
La paix, l'aimable paix règne dans mon ménage :
C'est-là le premier fruit d'un heureux mariage.
Ma compagne me rend père tous les deux ans
De pétillans, de gais, de beaux, de forts enfans.

DAMON.

C'EST un vrai don du Ciel qu'une femme féconde.

ATIS.

Oui. Par vous, cher Damon, tout me rit dans le monde
Malgré quelques momens d'événemens fâcheux.
Je me rappelle encor ces temps délicieux
Où vous mêlant à nous avec trois fois notre âge,
Vous étiez toujours bon, toujours gai, toujours sage.
Vous vouliez qu'on le fût ; on l'étoit sans effort.
Pour se faire écouter, ah ! que l'exemple est fort.

DAMON.

Tous n'ont pas profité : c'est que l'homme ensemence ;
Mais c'est le Tout-Puissant qui donne la croissance.

ATIS.

Vous étiez le conseil de notre bon Seigneur :
Ses établissemens, Damon, vous font honneur,

Une jeuneffe inftruite à de bonnes écoles,
Eft fage dans fes mœurs, aimable en fes paroles,
Ma Life en eft la preuve ; il n'eft rien de fi grand
Que fon ame, fon cœur & fon efprit charmant.
Vous nous avez quittés pour votre folitude :
Il m'en fouvient, hélas! que ce coup nous fut rude!
L'on vous voit quelquefois par ici cheminant ;
Puis vous difparoiffez ainfi qu'un revenant.

DAMON.

DEPUIS que j'ai perdu ma compagne fidelle,
Je ne dois plus qu'à Dieu mon amour & mon zéle,
Par fa grace avec lui font mes quatorze enfans ;
Je vais lui confacrer le refte de mes ans.

ATIS.

QUE j'admire, Damon, une fi belle vie !
D'un torrent de plaifirs elle fera fuivie.
Vos confeils, votre exemple ont fervi le prochain ;
A préfent vous fervez un Être tout divin.
Au Temple où votre cœur trouve mille délices,
Pour les miens & pour moi faites des vœux propices.

DAMON.

OUI ; que le Ciel, Atis, te comble de bienfaits!
Et que toujours tes jours s'écoulent dans la paix !
Rappelle quelquefois Damon à ta mémoire.
Adieu jufqu'au revoir au féjour de la gloire.

AMITIÉS

ET

HOMMAGES.

A MADAME

A. D***.

MADAME,

PERMETTEZ *que je vous dédie ces Poésies, enfans de mon cœur. C'est un hommage que je veux rendre à votre mérite personnel. Votre éducation distinguée vous met au-dessus de la plupart des femmes. Le Latin vous rend familiers Ciceron, Virgile, Horace & tous les grands hommes de l'antiquité. L'Italien vous fait goûter mille délices dans les talens agréables de la Musique & des instrumens que vous possédez éminemment. L'Histoire, la Géographie vous promènent*

C

dans tous les lieux & dans tous les temps. La Danſe, le Deſſin, & mieux encore que tout cela, votre goût délicat pour les choſes ſolides ; votre eſprit orné & naturellement grand ; votre cœur noble & affectueux, vous rendent chère à vos Amis & à vos Sociétés. Avec tant de talens, de ſciences & de vertus, vous pouvez, MADAME, paſſer agréablement vos momens. Mais ne puis-je pas eſpérer de vous amuſer auſſi quelques inſtans? Les Anciens ont leur mérite. Les Modernes ont le leur. La Science a ſon éclat. La Vertu toute ſeule a le ſien : l'Amitié vraie en eſt une. Il eſt bon de voir cette Vertu franche & ſans art exprimer tout ce que le cœur ſent pour des amis. Heureuſe ſi je réuſſis à vous diſtraire un peu de vos ſérieuſes occupations ! Heureuſe encore ſi mon hommage vous eſt agréable, & vous prouve la tendre eſtime & l'admiration avec leſquelles j'ai l'honneur d'être,

MADAME,

Votre très-humble & très-
obéiſſante ſervante
POULAIN.

AMITIÉS

ET

HOMMAGES.

A MA PATRIE,

Sur la bonté de son air.

A IMABLE lieu, séjour qui m'as vu naître,
    Reçois l'hommage de mon cœur.
L'on ressent dans tes murs une saine vapeur
    Qui fait la santé, le bien-être,
    Chez toi le brillant coloris
Peint sur tous les minois les graces & les ris ;
    Ton bon air s'y fait reconnoître.
  Aimable lieu, séjour qui m'as vu naître,
    Reçois l'hommage de mon cœur.

    Que des cieux la douce influence
    Annonce à jamais ton bonheur !
  Que tout conspire à ta magnificence !
  Et que toujours, nageant dans l'abondance,
    Tes citoyens soient en vigueur
Dans la santé, la paix, la joie & l'opulence.
  Aimable lieu, séjour de ma naissance,
    Reçois l'hommage de mon cœur.

ÉLÉGIE,

Sur le départ d'un Eccléſiaſtique de grande vertu, qui, après avoir ſéjourné dans ma Patrie plus de dix ans, alloit fixer ſon ſéjour à Paris.

C'EN eſt fait pour jamais ! cette ame pénitente,
Qui nous traçoit le plan d'une vie innocente ;
Ce modèle vivant de vertu, de candeur,
Que l'on voyoit brûler de la plus ſainte ardeur,
Abandonne ces lieux ! . . . O Ciel, quelle triſteſſe
Me ſaiſit tout-à-coup & m'agite ſans ceſſe !
Nous ne verrons donc plus ces exemples Chrétiens
De bonté, de douceur, de mépris des faux biens ?
Nous ne verrons donc plus cette fidelle image
Des vertus qu'on voyoit briller au premier âge ?
Cet homme qui du Ciel déſarmoit le courroux,
Lorſque ſon bras vengeur s'élançoit contre nous,
Ne pourra plus, hélas ! appaiſer ſa colère ;
Le foudre contre nous ſera toujours ſévère ;
Le bras du Tout-Puiſſant, juſtement irrité,
Frappera, tonnera ſans qu'il ſoit arrêté.

MAIS que dis-tu, mon ame ? Une ſage allégreſſe
Doit vaincre les efforts d'une vaine triſteſſe.
Ce vertueux mortel, quoiqu'abſent de ces lieux,
Continuera d'offrir au Ciel pour nous ſes vœux.
Sa prière & ſes maux ſont un vrai ſacrifice,
Digne de déſarmer la divine Juſtice.
Ainſi loin de pouſſer d'inutiles ſoupirs,
Soumettons-nous enfin & bornons nos deſirs.

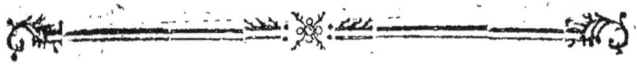

AU SEXE MASCULIN,

A l'occasion de la Pièce précédente (1).

DANS tous les temps le sexe masculin
Veut l'emporter, las ! sur le féminin.
Si de ce sexe il paroît quelqu'ouvrage,
L'on n'y veut pas connoître son langage :
Pour une fille, ah ! ce sens est trop fort,
   Dit-on alors avec transport.
Eh ! tout le beau ne vient donc que de l'homme ?
Lui seul possède donc les faveurs d'Apollon ?
   Mais les sœurs du Mont Hélicon,
Ces filles par-tout qu'on renomme,
Laissent apparemment leur sexe sans faveur ;
   L'homme enfin aura tout l'honneur.
HONNEUR soit, j'y consens ; mais n'ôtez rien du nôtre ;
   Et je veux bien alors céder au vôtre.
   Ainsi ne soyez plus jaloux ;
Hommes, que mon ouvrage augmente votre gloire !
Dites : *Ces vers sont bien, mais n'ont pas la victoire ;*
   Les nôtres l'emportent sur tous.

(1) J'avois vingt & quelques années, lorsque je composai cette Pièce. Tous mes concitoyens ne vouloient pas croire que j'en fusse l'Auteur ; ils ne cessoient de dire que c'étoit trop fort pour une fille.

C iij

A URANIE,

Sur la mort de deux jeunes Demoiselles qu'elle a
perdûes en peu de temps.

ÉLÉGIE.

Quoi ! la Parque ennemie & son fatal ciseau
Ont fait descendre, hélas ! deux sœurs dans le tombeau,
Impitoyable mort , tu fermes leur paupiére ;
D'un coup précipité tu bornes leur carrière ;
Et ces jeunes beautés , en commençant leurs ans ,
Ont cessé d'être !.., O Ciel, que d'esprit & de sens
On voyoit au travers des voiles de l'enfance !
Déja les cœurs épris se trouvoient sans défense.

Mais comment une mère en proie à ses douleurs,
Pourra-t-elle arrêter la source de ses pleurs ?
Elle l'arrêtera , cette mère-adorable ,
Par une foi soumise , un cœur inébranlable ;
Et triomphant des coups qui voudroient l'accabler,
Cette héroïne va cesser de s'éplorer.

Sage Uranie , en vain par un discours sublime,
L'on prétend consoler votre ame magnanime :
Vous avez sur vous-même un empire divin ;
Dans les plus grands écueils votre esprit est serein :
La mort même, la mort par ses coups redoutable,
Ne peut vous enlever ce calme inaltérable.
En cessant de penser à ceux qui ne sont plus , ·
Vous ne songez qu'à ceux qui suivent vos vertus.

Chacun fait que dans vous eft l'école des graces:
Qu'heureux font vos enfans ! ils marchent fur vos
   traces,
Et favent, comme vous, unir avec ardeur,
Les charmes de l'efprit aux qualités du cœur.

BOUQUET,

A une jeune & aimable Demoifelle qui s'appelloit
Denife, qui faifoit fa Fête le jour de S. Denis, &
qu'on vouloit engager à prendre pour Patrone
Sainte Denife, du 15 Mai.

CHÈRE Denife, mille vœux,
  Jufqu'au trône du Dieu des Dieux,
Vont conjurer le Ciel de t'être favorable :
Mon cœur les a formés. De ce jour je fais choix ;
  Et fans te faire d'autres loix,
Je veux qu'il te devienne à jamais mémorable.

  C'EST dans cet aimable Printemps
  Que tout change & fe renouvelle.
  Eh bien, c'eft auffi dans ce temps
  Qu'il faut planter dans ta cervelle,
  Que l'on ne trouve bien ton nom
  Qu'au féminin & dans cette faifon.
  Ainfi (le Saint me le pardonne)
  Il n'eft plus pour toi de patron
  Au commencement de l'Automne.
  Soit dit pourtant fans te fâcher.

La Sainte qu'aujourd'hui l'Église,
Sans pompe, il est vrai, solemnise,
A bien droit de te reprocher
D'avoir gardé son nom depuis ta connoissance,
Sans lui donner ta confiance.
C'est ce reproche donc que tu dois éviter.
Je le préviens par mes prières,
Et par les vœux les plus sincères :
Je lui dis que pour l'imiter,
Ton desir est ardent, extrême;
Qu'il faut qu'elle présente à la bonté suprême
Ce feu divin qui consume ton cœur,
Et qu'il augmente ton ardeur
En faisant croître dans ton ame
De son esprit la vive flamme.
Car, à te parler franchement,
Sainte Denise doit être ton seul modèle.
Elle étoit jeune. Eh bien, jeune comme elle.
Avec un saint empressement,
Sans craindre tu suivras son ardeur & son zèle.
Elle étoit Vierge. Ah ! ce trésor
Si précieux, si desirable,
Plus rare mille fois que l'or,
Te doit plus engager encor
A te la rendre favorable.
Elle fut martyre. La foi,
Comme tu fais, prépare la couronne,
Fait faire grandes actions,
Et dompter toutes passions.
Et cette foi que Dieu seul donne,
Pour qu'il la fasse croître en toi,
Il faut auprès de lui te faire une patrone.

T'adoptant pour fa fille, elle aura la bonté
De t'obtenir un lot de charité,
Si fort qu'il te conduife un jour jufqu'à fa place
Pour la remercier de cette infigne grace,

 D'avoir comme elle combattu
 A l'exemple de fa vertu.
 MAIS que vois-je ? Quoi ! tu balances
 A faire ce que je te dis ?
 Ah ! je vois bien ce que tu penfes :
Tu veux te conferver encore Saint Denis.
 Eh ! pour te prouver ma tendreffe,
 Je vais me rendre à ta délicateffe :
Je ferai dans ce jour pour toi nombre de vœux ;
Et prends-les, j'y confens, pour patrons tous les deux.

MADRIGAL.

LA VRAIE AMITIÉ.

A IRIS (1).

UNE divinité règne dans ce féjour ; (2)
 Je le fens à ce doux délire
 Qui tout-à-coup vient réveiller ma lyre.
Ah ! pure volupté, tu vaux mieux que l'Amour.
Pour goûter des plaifirs fages & véritables,
 Charmante Iris, il ne faut que te voir.
 Fils de Cypris, fuis ces lieux vénérables,
Auprès de l'amitié tu n'as qu'un vain pouvoir.

---

(1) Demoifelle de grande condition & de grand mérite âgée de vingt ans.

(2) Dans une Maifon Religieufe.

     C v

A LA MÊME,

LE PREMIER JOUR DE L'AN.

ÉTRENNES.

Bonjour, bon an, aimable & chère amie;
Bonne santé tout le temps de ta vie :
Que le Très-Haut sur toi répande ses bienfaits,
    Et comble tes sages souhaits !
    Quel doux plaisir, quelles délices
    De te consacrer les prémices
    Des vœux qui partent de mon cœur !
Ah ! puisses-tu jouir du plus rare bonheur !

LES COULEURS.

A LA MÊME, SUR SES RUBANS.

MADRIGAL.

Ton goût, charmante Iris, brille dans tes rubans
L'un représente seul cette douce espérance (1)
Qui nous fait pressentir de précieux momens :
    Un autre peint d'amour la véhémence : (2)

-----

(1) Le verd.
(2) Le couleur de feu.

Dans les autres l'éclat de la sincérité (3) :
Relève la beauté de la couleur coquette ; (4)
    Et la rare fidélité (5)
    Se joint encore à la discrète. (6)
Voilà de tes rubans la beauté ; des couleurs.
    Certes, je ne saurois de même
Décrire tes vertus ; ton mérite suprême,
Tes rares qualités, tous tes charmes vainqueurs.
    En dépit de mon impuissance,
Un vœu part de mon âme. A mon objet divin,
    Fils de Cypris, donne avec complaisance
Un époux dont le cœur soit plein de gris de lin. (7)

PORTRAIT DE LA MÊME,

POUR BOUQUET.

IL faut tracer, ma muse, pour ta gloire,
De mon amie aujourd'hui le portrait.
    Fais-y bien voir que cet objet
    Par-tout remporte la victoire :
    Peins-y bien ces attraits puissans
    Qui soumettent tout sous leurs armes,
Et dont le seul aspect flate & saisit les sens.
Sa physionomie annonce mille charmes :

---

(3) Le blanc.
(4) Le couleur de rose.
(5) Le bleu.
(6) Le violet.
(7) L'amour sans fin.

C vj

Ses yeux lancent des traits vainqueurs ;
Avec une grace admirable ,
Son efprit enlève les cœurs :
Tout en elle ravit , tout en elle eft aimable ;
Elle étonne par fes talens ;
La fageffe règne en fon ame
Et brille fur fon front comme une vive flamme.
Une auftère vertu fourient fes agrémens.

DIVINE amie, on célèbre ta fête ;
Pour bouquet reço's ton tableau :
Il eft auffi vrai qu'il eft beau :
Puiffe l'original du bonheur être au faîte !

M A D R I G A L.

A la même, dans la Semaine-Sainte, étant privée
de la voir pendant tout le Carême (1).

Six femaines de pénitence ,
Dans le jeûne & dans l'abftinence ;
Mille mortifications.
Que l'on effuie en nos maifons,
Et que je n'ofe encore décrire ici moi-même :
Tout cela ne me fait-il pas,
Aimable Iris , un trifte , un ennuyeux carême ?
Non ; tout cela pour moi n'eft que charmes, qu'appas,

---

(1) Dans la plupart des Maifons Religieufes , il n'eft permis
aux Demoifelles Penfionnaires de voir ni parens, ni amis pendant le Carême.

Le comparant avec la feule peine
Qui me réduit prefque au trépas :
Malgré l'attrait qui juftement m'entraîne,
L'on me prive de toi ! … Que dire ? *Hélas , hélas !*

A LA MÊME,

Le jour de Pâques , en l'embraffant.

MADRIGAL.

Enfin il eft donc arrivé ,
Ce jour heureux , ce jour fi defiré
Qui ramène en mon ame une joie ineffable !
O Ciel , quels merveilleux effets !
Il me fait embraffer l'objet incomparable
Qui me ravit , qui me charme à l'excès.

Ah ! de te voir on m'a privée :
Par-là , charmante amie , on m'a donné la mort ;
Mais aujourd'hui , dans le plus doux tranfport ,
Je te revois : je fuis reffufcitée.

A LA MÊME,

Qui partoit pour fa Patrie (1), où elle alloit faire un
long féjour, & où l'on projettoit de la marier.

STANCES.

L'A M I T I É ne doit t'empêcher
De devenir époufe & mère :
Pars , raviffante Iris , prends l'amour pour cocher;
Que ton pays, pour toi, foit l'Ifle de Cythère !

Vois-tu les tourtereaux ? Ils font contens, heureux;
Ils s'aiment tendrement, ils foupirent fans crainte.
 Aime comme eux , foupire fans contrainte.
Il eft quelques maris auffi fidèles qu'eux.

 Un roffignol évite l'efclavage
Où veut par fes filets le mettre un oifeleur :
Mais Philomèle auffi, par fon tendre ramage,
 Te dit de donner cœur pour cœur.

NE crains jamais d'hymen les redoutables armes ;
 Tu peux, tu peux fous fes loix te ranger :
Tu fixeras toujours le cœur le plus léger ,
Par ton mérite vrai , ton efprit plein de charmes.

 DANS la faifon des doux fruits de Bacchus
Tu quittes tes amis. Que ta vive tendreffe,
 Dans tes chanfons, dans une douce ivreffe ,
Pour eux fe renouvelle en buvant de fon jus !

---

(1) Le Havre-de-Grace.

A LA MÊME.

STANCES.

AIMABLE objet , tu m'as quittée , hélas !
Je te cherche par-tout , je ne te trouve pas.
   Que ton portrait dans ma tristesse ,
   Soulageroit mon déplaisir !
   Il me rappelleroit sans cesse
De mon bonheur passé le flateur souvenir.

   DANS un abattement extrême ,
Souvent un rien dissipe un ennuyeux tourment :
   Quand on a perdu ce qu'on aime ,
L'image de l'objet ramène un doux moment.

POSSÉDER une amie en peinture , en idée ,
C'est pour un sage cœur un dédommagement.
Eh ! d'une médecine on a vu la fumée
   Purger certain tempérament.

VOIS mon affection dans ce foible langage ;
Pour toi mon amitié vaut l'amour & son feu.
   Ah ! si mon esprit en dit peu ,
   Mon cœur en dit bien davantage.

A LINDOR,

Le premier jour de l'An.

DANS tout pays le monde
Fait aujourd'hui sa ronde :
Les faux amis, les froids amans,
Les bons & les mauvais parens ;
Enfin à l'envi chacun ose
Se débiter des complimens.
Chez quelques-uns l'or se métamorphose
En menus dons, ou bijoux précieux.
Mais pour l'amitié vraie, ah ! c'est tout autre chose.
Cher ami, je le sens au transport de mon cœur
Qui vers la Majesté Suprême
Ne demande rien pour moi-même,
N'implore que pour ton bonheur.

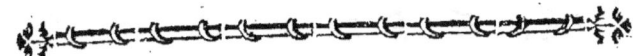

A ÉGLÉ,

Le premier jour de l'An.

DANS ce jour où chacun, en termes éphémères,
Donne à son amitié les charmes les plus doux ;
Je fais pour mes amis cent vœux tendres, sincères.
Aimable & chère Eglé, j'en fais mille pour vous.

A LA MÊME.

BOUQUET.

POUR vous marquer ma confiance,
Je vous fais une confidence,
Qui vaut bien, sans doute, une fleur :
C'est que par un bonheur suprême,
Aimable Églé, depuis que je vous aime,
Il me faut peu d'amis : je le sais de mon cœur.

A FLORISE,

Au nom d'un enfant de quatre ans, pour la remercier
d'une petite épée.

MADRIGAL.

JE n'ose, madame, à mon âge
Chanter de vos vertus le pompeux assemblage :
    Mais j'oserai de toutes parts,
  Plein de respect & de reconnoissance,
    Publier que dès mon enfance
Vous m'avez fait le champion de Mars.

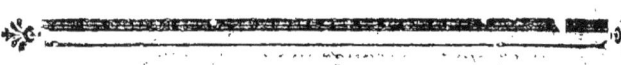

A MON FRÈRE,

SUR LA MORT DE MA MÈRE.

CHER frère, hélas ! ma mère n'est donc plus ?
    Dans le tombeau que de vertus !
    Ma douleur est à triple étage !...
Mais mes regrets, mes pleurs sont superflus.
    Par la foi reprenons courage :
Elle règne en mon cœur !... Elle vit dans les cieux,
    Mille délices dans ces lieux
    Font sa couronne, son partage.

    Oui, dans ce séjour plein d'attraits,
    Sa belle ame boit à long traits

De ce nectar de la source éternelle.
Séchons nos yeux, puisqu'à jamais
Récompensant l'ame fidelle,
Le ciel lui fait goûter la pure volupté.
Sa sagesse, sa piété
Rendent sa mémoire immortelle.

A IRIS,

Qui, de retour de sa Patrie, m'excitoit à faire
des Vers, après y avoir renoncé.

ÉPÎTRE.

Depuis long-temps, & n'en rougit mon front,
Je ne connois plus ce délire
Qui jadis réveilloit les accens de ma lyre :
Je ne vais plus, Iris, au sacré Mont
Implorer des neuf Sœurs l'assistance divine ;
Ma verve est tombée en ruine.
Que dis-je ? Ai-je jamais senti du Dieu des vers,
Ce feu, cette douce influence
Qui vient communiquer la divine science ?
Non, non ; j'ai trop souvent, sur des sujets divers,
Montré ma profonde ignorance.
Rimer ainsi sans connoissance,
N'est-ce pas avec art raisonner de travers ?

Ah ! c'est à toi, charmante Muse,
Toi dont la science est infuse,

De rimer avec agrément ;
Toi qui t'exprimes avec jufteffe,
Et qui fais joindre à la délicateffe
La nobleffe du fentiment.

Eh ! diras-tu, pourquoi m'écrire
En langage qu'on veut profcrire ?

C'est juftement pour te prouver
Qu'à préfent je ne fais que braire,
Que je ferai bien de me taire,
Et te forcer à m'approuver.

A LA MÊME,

Qui m'excitoit toujours à faire des Vers.

ÉTRENNES.

Qu'il m'eft doux de céder aux defirs d'une amie
Que je revois après dix ans,
Et qui fait de nouveau le charme de ma vie !
Mufe, pour cet objet ranime mes accens.

Je t'aime, tu le fais, & j'aime à te le dire ;
Mais l'amitié ne peut fuffire,
Iris, à ton cœur fait pour enchaîner l'amour.
Les vœux pourtant que pour toi dans ce jour,
Je forme avec attrait dans le fond de mon ame,
Valent bien la plus vive flamme.

Loin de toi les plaifirs trompeurs, voluptueux,
Qui ne laiffent qu'un vuide affreux,

Qu'un trifte fouvenir, qu'une douleur extrême!
Et qu'à ma prière les Dieux
T'accordent promptement une faveur fuprême :
C'eft ce bonheur & rare & précieux,
De trouver un mari qui mérite qu'on l'aime.

Ah! puiffe ce mortel fi digne d'être aimé,
Que la fageffe aura formé ;
Sous les loix de l'amour & du Dieu d'hymenée,
Te rendre femme heureufe, & mère cette année.

✳✳✳✳✳✳✳✳✳✳✳✳✳

A LA MÊME.

BOUQUET.

Aux jardins émaillés de la brillante Flore,
D'un pas léger j'ai prévenu l'aurore.
Mille fleurs étaloient leurs plus vives couleurs :
Mais en les contemplant tout fe fane & fe ride ;
Tout perd jufques à fes odeurs.
Pour une amitié vraie il faut du plus folide.

Avec agilité vers le facré vallon,
Je vais implorer Apollon :
« Mobile des efprits, fouverain du Parnaffe,
» Lui dis-je, accorde-moi dans ce jour une grace ;
» D'un pinceau délicat trace un divin portrait :
» Pour toi l'aimable Iris eft un digne fujet».

Cours, me dit-il, à l'Ifle de Cythère...
Charmante Iris, alors je compris le myftère.
J'y cours : & là je vois déployer ton tableau.
Dieux, que ce que j'y vis étoit noble, étoit beau !

Le petit Dieu qui règne sur ton ame,
M'y faisoit admirer une si pure flamme,
Que je ne pus penser qu'il en fût seul auteur.
Parut dans le moment le divin hymenée,
Qui de toi se montra le principal moteur.
Ah ! lui dis-je, grand Dieu, daigne donc cette année
Soumettre mon amie à ta suprême loi ;
Qu'amour se joigne à toi d'une ardeur mutuelle ;
Au grand Damon qu'elle donne sa foi ;
Et qu'il lui jure une flamme éternelle.

Sensibles à mes vœux, ces Dieux me l'ont promis,
Ce sage, ce héros, sera ton Adonis.

A DAMON ET A IRIS.
ÉPITHALAME.

L'AMOUR, ce fier tyran des cœurs,
Le visage baigné de pleurs,
L'œil étincelant de colère,
Fut l'autre jour trouver sa mère.
J'ai, lui dit-il, entre-coupant ses mots
Et de soupirs & de sanglots ;
J'ai vaincu toute la nature,
Chacun est soumis à mes loix ;
Damon, le seul Damon me met à la torture ;
En vain sur lui j'épuise mon carquois,
Son cœur est un rocher où s'émoussent mes flèches.
Quelle fierté ! quels yeux revêches !
Ne pourrai-je donc pas, pour me venger un jour,
Faire entrer dans son cœur tous les feux de l'amour?

De Damon, dit Vénus, la sagesse est le guide.
 Minerve avec sa redoutable Égide,
  Sait le garantir de tes traits :
  Elle se rit de tes projets.
  Il n'est qu'un moyen de le vaincre :
  Son cœur n'ira pas sans sa main ;
  Si ton frère peut le convaincre,
Pour la seconde fois ton triomphe est certain (1).

  Pour l'emporter sur ce rebelle,
 Reprend l'amour, rien ne me coûtera.
 Dans le moment il vole à tire-d'aîle ;
  Et le premier qu'il rencontra,
 Ce fut l'hymen. Lors pour première chose,
  Il plaide vivement sa cause.
L'hymen n'ayant jamais sans lui pu faire rien,
  Ni de solide ni de bien ;
L'écoute, lui sourit ; puis dit au bon apôtre :
  » Depuis un pôle jusqu'à l'autre,
» Nous n'avons plus un grain de réputation :
» Le bonheur des mortels ne dépend donc, cher frère,
  » Que de notre réunion.
  » Eh bien ! allons, d'un cœur sincère
  » Faisons la paix, embrassons-nous ».
  Puis bras dessus & bras dessous.

  Après la plus vive accolade
 Ils forment le projet d'une belle ambassade,
  Et disent que pour leur honneur
Il faut de deux objets faire tout le bonheur ;

_____

(1) Damon avoit déja été marié.

Qu'il faut unir à la fageffe,
Les charmes de l'efprit & la délicateffe.

Pour former un couple parfait
Ils le trouvent bientôt à plaifir , à fouhait.
Dans Iris & Damon quelle grande conquête !
Vers l'un & l'autre vont nos Dieux,
Vifent aux cœurs, les difpofent au mieux :
Si bien que nos amans, pour compléter la fête ,
Ont prononcé, d'un cœur tout réjoui,
Le refpectacle & fameux *oui*.

De l'hymen , de l'amour avouez la victoire :
Pour vous elle eft uné faveur ,
Leur union fait votre gloire ,
Et cimente votre bonheur :
Ah ! puiffiez-vous , époux illuftres,
Et vivre & vous aimer encore dans dix luftres (1).

---

(1) Damon avoit alors foixante ans. C'eft un ancien Officier
Militaire , diftingué par fa naiffance , & par de grands emploi
dans la Marine. Il a été Chef d'Efcadre , Gouverneur de deux
Ifles, &c. &c.

A U

APOSTROPHE.

Au Château de Damon, où Iris faifoit un long féjour.

O FORTUNÉ château, féjour trop agréable,
Tu retiens mon amie en dépit de mon cœur.
Ce cœur ne peut tenir fous l'ennui qui l'accable,
Rends-lui donc au plutôt l'objet de fon bonheur.
Hélas! tu t'embellis encor par fa préfence;
Tu t'arme contre moi de fes propres faveurs!
Ah! dans le vuide affreux de fa cruelle abfence,
Je pouffe des foupirs, je languis, je me meurs.

A IRIS,

A l'occafion d'une Couche fâcheufe.

VÉNUS depuis long-temps paroît trifte, inquiète;
Mais on la voit aujourd'hui fondre en pleurs.
Les graces en fecret font nargue à fes douleurs,
Et l'amour s'en moque en cachette.
Ses cris jufques au ciel vont troubler Jupiter:
Il veut favoir le fujet de fes larmes.
Curieufe, j'approche & je vais écouter:
» Mon père, lui dit-elle, à quoi fervent mes charmes?
» De quoi me fert cette beauté?
» Iris a contre moi de fi puiffantes armes,
» Que l'on la croit une divinité.

D

» *Malgré ses maux*, dit-on, *Iris est plus qu'aimable*,
　　　» *Rien ne peut effacer ses traits*,
　　　» *Et Vénus même a moins d'attraits.*
» Mon père, ah! vengez-moi d'un discours qui m'ac-
　　　» cable ;
» Ou je vais me venger : car je ne prétends pas
» Qu'Iris d'une immortelle ait encor les appas ».

JUPITER insensible, écoute, & rit sous cape :
« Ma fille, lui dit-il, quelle fureur t'échappe !
» Tu prétends, mais en vain, contre Iris te venger:
　　　» Elle sera malgré toi mieux que belle ;
　　　» Elle ne craint de tes coups le danger ;
　　　» Mais seulement elle est mortelle ».

VOULANT savoir quel est l'objet charmant
　Dont parle ici la reine de Cythère ;
Dans plus de cent Iris, j'ai cherché vainement
　　Celle qui cause sa colère.

ALORS me rappelant tous ces appas vainqueurs,
　　Qui dans toi ravissent les cœurs,
Cet accueil gracieux, cette grace admirable,
Cette voix qui te rend à Canente semblable,
　　　Cette douceur, cet air parfait ;
　　　Ce teint & de lis & de rose ;
De tant de pleurs, dis-je, ah! voilà la cause;
　Mon Iris est ce redoutable objet.

LETTRE,

En Profe & en Vers.

A SILVANDRE,

AUDITEUR DES COMPTES,

Qui m'avoit écrit de la campagne une Lettre en vers & en profe, par laquelle il me demandoit de lui répondre en bouts rimés, & de corriger fes Vers.

Vous ne pouvez pas douter, Monfieur, de l'intérêt que je prends à vos bonnes fantés, (1) à vos plaifirs, à l'accueil gracieux que l'on vous fait, au dîner Seigneurial, Abbatial & Épifcopal (2) où vous vous êtes trouvés, & enfin aux faveurs de l'Automne qui femble fe parer de tous fes agrémens, fpécialement pour vous. Mais tous ces avantages ne font-ils pas dus à votre nouvelle dignité? Le titre de *maître-taille-foupe*, (3) ne mérite-t-il pas des diftinctions particulières? Ce n'eft

_____

(1) Il avoit avec lui fon époufe & fon fils.

(2) Il me mandoit qu'ils avoient dîné chez le Seigneur, avec un Abbé Commendataire & un Évêque.

(3) Il m'écrivoit que l'embarras de leur arrivée les avoit tous mis dans le cas de mettre la main à l'apprêt du dîner, & que fon office à lui, avoit été de tailler la foupe.

pas un petit mérite que d'exercer tout-d'un-coup une nouvelle charge en maître. Mais j'ai grand'peur que vous n'ayez seulement voulu ne faire qu'un coup d'essai, pour ensuite vous reposer en souverain sur vos ministres. Qu'importe au reste, pourvu que par leurs talens, leur adresse & leur activité ils sachent vous remplacer.

Je me donnerai bien de garde, Monsieur, de m'ériger en correctrice de votre Muse : ne seroit-ce pas faire l'office de *Gros-Jean ?* Je n'y répondrai pas non plus en *bouts rimés* :

Ce badinage
N'est plus d'usage.

Ce n'est cependant point là ce qui me retient ; c'est mon peu de capacité.

Je sens, quand il s'agit de vers,
Que ma cervelle est à l'envers,
Et que Phébus & Melpomène
Refusent d'échauffer ma veine ;
Qu'enfin je ne puis plus rimer.
Il ne faut pas s'en étonner :
Dix lustres que j'ai sur la tête,
Sont un fardeau,
Ni bon, ni beau,
Qui rend mon esprit lourd, engourdi, sot & bête.

Le plus sage donc est de vous dire en prose que nous nous portons bien ; que je vous souhaite, à tous trois, santé parfaite, continuation de beau tems, de joie, de plaisirs, de gaîté ; & que je suis très-parfaitement

ÉPITAPHE

DE

MADAME BOUSSINGAULT,

Supérieure d'une Communauté de Dames de la Croix

Passans, dans ce lieu vénérable
Gît Bouſſingault, Fille très-mémorable,
Qui, près d'un demi-ſiècle, avec intégrité,
　　Gouverna ſa Communauté.
Un eſprit lumineux, vaſte, grand, équitable,
Chez elle accompagnoit les plus rares vertus.
　　Après dix-huit luſtres & plus,
　　Elle a terminé ſa carrière.
　　La mort a fermé ſa paupière ;
　Mais au ſéjour de l'immortalité,
　　Par ſon ardente charité,
Sa belle ame jouit de la pure lumière.
　　De ſes compagnes la douleur
Fait ſon éloge mieux qu'une vive éloquence :
Tout en elles nous dit, juſques à leur ſilence,
　Qu'elles lui font un tombeau de leur cœur (1).

---

(1) Un tombeau eſt un monument de reſpect, d'amitié, de vénération & de gloire. Eſt-il rien de plus honorable & de plus glorieux pour les défunts, que des tombeaux vivans ?

D iij

ÉPITAPHE

DE

MADAME GUÉNEBAULT,

*Dame d'une grande piété, qui s'eſt fait adorer dans
ſa Patrie par ſes charités immenſes.*

GRANDS & petits, jeunes & vieux,
Arrêtez vous ; révérez en ces lieux
De Guénebault les cendres honorables.
Par mille actions charitables
Cette *Dorcas* ſe ſignala.
Si l'apôtre Pierre étoit-là ,
Que de familles éplorées
Lui diroient triſtement : *Ah ! redonnez-nous-la ,*
Elle eſt notre ſoutien depuis longues années.

Vous , ſes amis & ſes admirateurs ,
Sur ſa tombe ſemez des fleurs ;
Mettez aujourd'hui votre gloire
A rendre hommage à ſa mémoire :
Sur de ſublimes tons chantez , exaltez-la.
De toutes les vertus elle fut le modèle :
Ne dites point , *Paſſañs , priez pour elle ;*
Dites , *Paſſans , invoquez-la.*

A MADAME

LA

DUCHESSE DE LA TRÉMOILLE.

BOUQUET.

D'UNE illuftre duchefse on va faire la fête :
Au Dieu des vers préfentons ma requête ;
   Ses fleurs font toujours de faifon.

   VIENS m'infpirer, cher Apollon....
Ma lyre par refpect n'ofe rendre aucun fon :
   Déja je renonce à la rime ;
  Mon grand objet met ma Mufe à *Quia !*
Pour fes hautes vertus, fon mérite fublime,
   Je m'en tiens à l'*Alleluia.*

D y

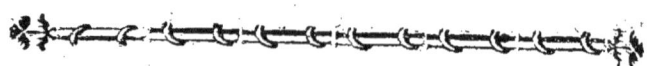

A MA FILLEULE

ET NIÈCE

A la mode de Bretagne.

MADRIGAL.

JE t'aime comme une maman
   Aime son aimable fanfan.
Si quelque jour Dame Fortune,
Que l'on n'atteint guère mieux que la Lune,
   Pouvoit par grace ou par pitié,
     Ou bien par un brin d'amitié,
   Me faire comme à la volée,
Une importante & sensible faveur;
Ah! que pour toi seroit ravi mon cœur!
   Je t'assure, ma chere Edmée,
Que tu seras alors aussi riche qu'aimée.

A URANIE.

Bouquet accompagné d'un cœur.

Dès le matin dans les jardins de Flore
J'ai vu couler les larmes de l'Aurore.
Céphale n'étoit plus le sujet de ses pleurs ;
Pour elle il fut jadis aussi beau qu'insensible ;
Elle, à son tour, dans un séjour paisible,
Méprisant son ingrat, ne mouilloit que des fleurs.

En vain de leur beauté naissante,
Mes yeux se trouvèrent épris ;
Phébus par son ardeur brûlante,
En ternit l'éclat & le prix.

Adorable Uranie, un mérite suprême
Doit dédaigner une inconstante fleur.
Aujourd'hui donc recevez sans emblême,
Ma vénération, mon hommage, mon cœur.

D v

A AMARANTE.

Bouquet accompagné d'un cœur.

JE vous ai vue, adorable Amarante ;
Quelle grace ! quel port ! quelle aimable candeur !
De vos sociétés vous faites la douceur :
Mille rares vertus vous rendent raviſſante.

Dans votre converſation
Quel jugement, quelle délicateſſe !
Que de ſagacité, d'eſprit & de juſteſſe !
Comment vous voir ſans admiration ?

Enchanter tout eſt votre ouvrage.
Vous le dire vaut une fleur.
Recevez donc en ce jour pour hommage,
Mes vœux, mon eſtime, mon cœur.

A IRIS,

Après un intervalle de quelques années.

ÉPITRE.

Toujours la même est la charmante Iris,
   Vive, gaie & spirituelle :
Elle est, quoiqu'entourée & des jeux & des ris, (1)
Sage, solide en tout, jusqu'en la bagatelle.
   Chez elle un ascendant vainqueur
La rend par son esprit & par son noble cœur,
   Plus que jolie.& mieux que belle.

Sans la connoître on fait même l'aimer :
   Elle est cet objet adorable,
   Grand, ravissant, incomparable
   Que l'idée aime à se former.

Comment la voir & ne pas l'admirer ?
   Eh! qui comme elle a l'art de plaire ?
   Oh! c'est une Divinité.
   Ah! que son amitié m'est chère !
   Qu'elle flatte ma vanité!

Que le digne mari de cette rare femme
   Doit se trouver fier en son ame
   D'avoir d'elles trois rejetons;
Une Nymphe jolie, & deux jeunes Catons

---

(1) Entourée de ses trois aimables enfans.

D vj

Qui, comme père & mère, un jour feront illuftres,
    Courageux, vertueux, favans.
    Puiffiez-vous donc, papa, maman, enfans;
Pouffer votre carrière au-delà de vingt luftres.

A L A M Ê M E.

B O U Q U E T.

Madeleine au milieu des plaifirs de la vie,
    A tout quitté pour fuivre fon Sauveur.
    Toi, chère amie, avec la même ardeur,
Dans fes feules vertus tu l'as vue & fuivie.
    Que toujours une fainte envie
Te conduife comme elle au fuprême bonheur !

A L A M Ê M E,

S U R S E S F I L S.

Q U A T R A I N.

A deux luftres au plus quel jugement habile !
Quelle application ! & quelle activité !
Émules de Caton, Cicéron & Virgile,
Ils courent de bonne heure à la célébrité.

A LA MÊME,

SUR SA FILLE.

MADRIGAL.

QUE ta pouponne est aimable & gentille !
De sa digne maman elle est la digne fille :
   C'est un bijou, c'est un trésor.
En elle, chère Iris, que d'esprit, de finesse,
  De jugement & de délicatesse !
   Elle n'a pas six ans encor.

A LA MÊME.

BOUQUET.

AIMABLE amie, en ce fortuné jour,
  Mon amitié qui vaut l'amour,
  Voudroit bien célébrer ta fête.
  Au Dieu des Vers je fais des vœux,
  Je lui présente ma requête
Pour te parler le langage des Dieux.
  Las, las ! sa résonnante lyre
  Me refuse ses doux accords.
Si ce n'est pas Apollon qui m'inspire,
  D'où partent donc tous mes transports ?

BLOND Phébus, je le fens : ami, ne t'en déplaife ;
Pour aujourd'hui je renonce à ta loi ;
 L'amitié n'a befoin de toi,
Mon cœur parle, il fuffit : que mon efprit fe taife.

OUI, raviffante amie, une vivante fleur,
 Mon fincère, mon tendre cœur
T'eftime à l'infini, t'aime de préférence,
 Goûte avec toi les charmes les plus doux.
 C'eft un fecret pour les jaloux :
 Pour toi c'eft une confidence.

A D A M O N,

Le 18 Août 1778.

S T A N C E S.

DE l'illuftre Damon comment chanter la gloire?
Mufe, réveille-toi, raconte fes hauts faits ;
Trace-nous fon image, & la touchante hiftoire
 De fes vertus, de fes bienfaits.

 ON l'admire dès fon enfance ;
 Toute étude fait fon amour ;
Plein d'émulation, on le cite, on l'encenfe,
Chaque claffe le vante & le loue à fon tour.

 Sa vivacité de génie
 Frappe, furprend dans fon printems.
 A fon Dieu, fon Roi, fa patrie
Il confacre fes vœux, fon cœur & fes talens.

UN vuide fur la carte étonne fa grande ame ;
Il forme des projets, il eſt déja marin : (1)
Par les difficultés ſon courage s'enflâme,
Il veut courir les mers, découvrir le terrein.

Il s'étudie, il fait apprentiſſage ;
Pour modeles il prend des hommes de renom (2)
Il eſt encor dans le jeune âge
Que par ſa noble atdeur il ſe fait un grand nom (3).

A ſon ſouhait le miniſtère
L'envoie à ſon gré fur les flots (4) :
Il vogue, il s'ouvre une carrière.
Des montagnes de glace arrêtent ce Héros (5).

---

(1) Damon étoit en Philoſophie lorſque voyant un vuide immenſe fur une mappemonde, il décida avec feu, que puiſqu'on ſoupçonnoit des terres dans ces endroits, il iroit s'en aſſurer, conquérir ces pays pour le Roi, & y porter la lumière de l'Evangile.

(2) Ruyter & du Gay-Trouin : leurs exploits firent ſes délices : & encore aujourd'hui il ne prononce point leurs noms ſans émotion.

(3) Il fit pluſieurs voyages fur des vaiſſeaux marchands ; puis il entra au ſervice de la Compagnie des Indes, où des voyages de plus long cours perfectionnèrent ſes connoiſſances.

(4) Dans ſes voyages il ne perdoit pas de vue les terres auſtrales. Ce projet, qui parut d'abord chimérique au miniſtère & à la Compagnie, fut enfin goûté : &, à ſa grande ſatisfaction, Damon fut chargé de cette expédition. Le 19 Juillet 1738, les deux Frégates l'Aigle & la Marie, partirent du port de l'Orient. Le 8 Septembre ils paſsèrent la ligne. Le 11 Octobre ils arrivèrent à l'Iſle Sainte-Catherine fur la côte du Bréſil, &c.

(5) Ces glaces ont paru avoir deux à trois cents pieds de haut ; & depuis une demi-lieue juſqu'à deux ou trois lieues-

D'un Cap il fait la découverte (1).
Vouloir aller plus loin feroit témérité (2).
Il s'en revint fans nulle perte (3),
Et fe voit applaudi, goûté.

Pour fon Roi, pour la Compagnie
Il court à de nouveaux dangers.
Sur l'élément liquide il promene fa vie,
Sans craindre ni vents, ni rochers (4).

DEVENU Chef d'efcadre, il furprend, il étonne
Par fon efprit profond, par fa fagacité :

---

de tour. Depuis le vingt-fix Novembre jufqu'à la fin de l'année,
& encore depuis, une brume épaiffe les empêchoit fouvent
de diftinguer les objets à une portée de fufil. Le 3 Décembre on avoit déja apperçu de fort groffes baleines, du gou-
mon, herbe qui croît en mer fur des rochers, & des oifeaux
particuliers. Se croyant alors près de quelque terre, on fonda
à cent quatre-vingt braffes fans trouver de fond.

(1) Le premier Janvier 1739, une terre fort haute s'apper-
çut. On la nomma le *Cap de la Circoncifion*. Depuis cette
découverte, on louvoya douze jours fans pouvoir y aborder
à caufe du brouillard, des vents contraires, & de ces glaces
qui nageoient de tous côtés, & qui ne fondoient pas même
en Janvier, qui eft le temps de l'été, pour le Pole Antardi-
que.

(2) Du douze au vingt-cinq on courut inutilement, voyant
toujours des baleines, des loups marins, &c.

(3) Il ne perdit aucun homme, malgré l'extrême fatigue du
voyage.

(4) A fon retour Damon paffa deux ans à Paris. Le Cardinal de Fleuri, alors Miniftre, lui faifoit efpérer que cette
découverte feroit continuée ; mais comme fes promeffes fu-
rent fans effet, Damon reprit la navigation de la Compagnie des Indes, & devint très-habile homme de mer.

Il prévoit, il commande, il agit en personne,
Sauve Pondichéry par sa célérité (1).
Zélé pour sa patrie, il manœuvre, il s'anime;
Il est des Hollandois, des Anglois le vainqueur (2) :
Il enlève à la fois leurs vaisseaux, leur estime;
Il est leur ennemi, leur ami, leur terreur.

---

(1) En 1748, il eut le Commandement de l'Escadre destinée
au secours de Pondichéry. Cette ville étoit assiégée par l'A-
miral (Griffin) du pavillon blanc Anglois, qui n'attendoit,
après un siége de cinquante jours, & tranchée ouverte, que
l'arrivée d'un second Amiral, pour se rendre maître de cette
Place. Damon, en présence de l'ennémi, fit mine de se
préparer au combat. L'Anglois se tint prêt à le livrer
à la pointe du jour ; & bien plus en force, il ne
doutoit pas du succès : dix-sept vaisseaux contre neuf lui
assuroient la victoire, quand au lever du soleil il chercha
les François, mais en vain. Son étonnement fut égal à son
désespoir, qui augmenta encore quand l'Amiral Anglois,
supérieur en forces, venoit à toutes voiles pour entrer de
compagnie & en triomphe dans Pondichéry. Cette ville sauvée
& secourue par des munitions de tout genre dont elle abon-
doit, il n'y avoit plus d'autre parti à prendre que de chercher l'Escadre Françoise, & de s'en emparer totalement :
chose aisée à deux Escadres réunies ; mais Damon n'avoit
eu garde de les attendre. Ses secours jettés dans Pondichéry,
il repartit ; ne descendit pas même à terre ; & les arcs de
triomphe que M. Dupleix avoit fait dresser pour recevoir son
Sauveur, ne servirent que de monument de la reconnoissance qui étoit due à Damon, qui s'étant remis en mer,
gagna Madras, sans que les Anglois pussent se douter de
la route qu'il avoit prise. L'Amiral Griffin fut renvoyé hon-
teusement en Angleterre, & condamné à ne point servir de
toute cette guerre. Punition rigoureuse pour un brave homme.
(2) En s'en revenant il se signala par son habileté, & concou-
rut à la prise de plusieurs vaisseaux Hollandois & Anglois;

A fon retour, le Monarque équitable
Veut récompenfer fa valeur :
Il le fait Chevalier (1). A ce titre honorable,
De deux Ifles encor il le fait Gouverneur (2).

ALORS d'un objet qu'il adore,
Ce champion obtient & le cœur & la main (3).
C'eft une Iris que la vertu décore......
N'en parlons plus; au ciel fon bonheur eft certain (4),

---

le tout pour la gloire de remplir fon devoir. A fon retour
en France, il ne penfa nullement à tirer profit de fes actions glorieufes : fon défintéreffement étoit fi connu, que
chacun difoit : *Qu'il ait la Croix de Saint-Louis, il fera
content.* En effet, pour fon expédition délicate & mémorable de Pondichéry, il n'eut pas autre chofe ; pas même la
moindre part aux vaiffeaux dont il avoit aidé à la conquête.

(1) Le 4 Janvier 1750, en allant faire fes remercîmens à
M. de Machault, ce Miniftre lui dit : C'eft bien peu, vu
ce que vous méritez : mes pouvoirs n'égalent pas votre
capacité ; heureufement il vous refte une belle carrière à
courir.

(2) Sans l'avoir confulté, la Compagnie des Indes pria le
Roi de le faire Gouverneur de l'Ifle Maurice & de l'Ifle de
Bourbon, & Préfident du Confeil-Supérieur de ces Ifles. Le
brevet lui en fut expédié le 14 Mars de cette même année
1750. Il prêta ferment, comme d'ufage, entre les mains du
Chancelier, qui le reçut au nom du Roi.

(3) Demoifelle de diftinction & de mérite. Il l'époufa dans ce
même mois de Mars 1750.

(4) Elle partit avec lui pour fes Gouvernemens, où elle
faifoit fes délices. Il en eut deux filles. Puis il eut le malheur
de la perdre à l'Ifle de Bourbon, en 1755. Ses deux filles font
mortes à Paris, à un an l'une de l'autre, âgées de neuf
ans.

SON courage, son goût, ses hautes destinées,
Rappelèrent Damon à de fameux hasards :
  Il part (1). Pendant nombre d'années (2)
  Son nom vole de toutes parts (3).

DANS un climat brûlant, dans un pays sauvage
  Il commande, il donne la loi.
  Par-tout humain, doux, juste, sage,
  Tous sont à lui, nul n'est à soi (4).

  Il est leur maître, il est leur père,
  Il les gouverne avec bonté :
  Jamais il n'a fait leur misère
  Par l'atroce cupidité (5).

(1) Il se remet en mer pour aller remplir ses nouvelles places.

(2) Pendant quatre ans, il fut Gouverneur de deux Isles ; ensuite il le fut pendant six ans de l'Isle de Bourbon.

(3) Là il fut père & héros : son nom y étoit par-tout en bénédiction ; & c'étoit à qui lui donneroit des témoignages de son attachement, de son respect & de sa reconnoissance.

(4) Tout le monde le chérissoit, l'adoroit & l'aimoit plus que soi-même.

(5) L'intérêt n'ayant jamais guidé Damon, il fut rendre ses Insulaires heureux à ses propres dépends. Après avoir gouverné les deux Isles pendant quatre ans, le Roi nomma un Gouverneur pour l'Isle Maurice ; & lui, il eut le Commandement particulier de l'Isle de Bourbon, & le brevet de Gouverneur de cette Isle. La Cour lui laissoit en même tems la liberté d'accepter ou non ce Gouvernement. Damon se rendit alors à Bourbon, dans le dessein de revenir en France ; il trouva là tous les vœux pour lui. La crainte de le perdre excita dans toute la Colonie un cri de douleur qui le détermina à rester. Il fit assembler le Conseil, & montra ses ordres, & la liberté que la Cour lui laissoit d'accepter ou non le Gouvernement. La joie alors fut égale au chagrin qu'on avoit eu de le perdre.

Cent cinquante couverts appellent à fa table :
Devoir de place où règne abondance, gaîté,
Propos fpirituels, raifon, fageffe aimable ;
Seul il triomphe là par fa fobriété (1).

Une expédition preffante & délicate,
    Le rend encor la terreur des Anglois :
Pondichéry périt. Tout tremble : il fe dilate......
Il fauve cette Place une feconde fois (2).

---

(1) Il a toujours fu refter fur fon bon appétit, en quittant la table, telle bonne chère qu'il y eût.

(2) En 1755, des ordres de la Cour arrivèrent à l'Ifle Maurice d'y équiper une Efcadre, pour tranfporter à Pondichéry de l'argent, des munitions, & les Régimens de Lally & de Lorraine. Le Confeil s'affemble en conféquence. L'armement fait, il eft queftion de voir qui commanden l'Efcadre. Ceux qui en avoient l'ordre avoient permiffion de la Cour de bien prendre garde au nombre & à la pofition des Anglois, & de renoncer au commandement plutôt que de rien hafarder. Examen fait, perfonne ne voulut fe charger d'une expédition fi délicate & fi périlleufe. Pondichéry avoit cependant befoin d'un fort & prompt fecours. Le Confeil ne favoit que décider. Dans cette incertitude, un Confeiller fortit ; & le Peuple affemblé dans la cour du palais du Gouverneur, cria tout d'une voix : *Vive le Roi & Damon.* Ce cri du Peuple fut un trait de lumière pour le Confeil, qui fur le champ fait fortir une frégate pour aller chercher le Gouverneur de Bourbon à quarante lieues de l'Ifle Maurice. La mer étoit couverte d'Anglois. Damon voit le danger, met fa confiance dans le Dieu des Armées ; & fe rend à l'Ifle Maurice, où l'Efcadre l'attendoit pour mettre à la voile. Les moins timides trembloient. Lui feul tranquille & ferme aux approches d'un fi grand péril, en impofe à tous, fe rend à la ville menacée ; puis repaffe avec fermeté devant l'ennemi, remet fon Efcadre fans aucune perte dans

Par une erreur fatale & trop commune,
Sa place est le fléau qui fait des malheureux.
   Sur ce trône de la fortune
   Damon ne fait que des heureux.

Le Ministère, à son retour en France,
   Voit son désintéressement (1) :
» Quel modèle, dit-on! Ah! nulle récompense
» Ne pourroit être un dédommagement.

À soixante ans la santé l'accompagne :
Pour un second hymen son cœur forme des vœux.

_____

le port de l'Isle Maurice, & retourne très-tranquillement dans son Gouvernement.

Ce fut au retour de cette expédition qu'il eut la douleur de perdre sa femme.

(1) Le désintéressement de Damon va au-delà de toute expression. Pendant plusieurs années de son Gouvernement à l'Isle de Bourbon, la Compagnie des Indes, par les suites malheureuses de la guerre, envoyoit peu d'argent; & il en auroit fallu beaucoup. Il falloit que les Hôpitaux pour les Soldats malades fussent approvisionnés; que les vaisseaux qui arrivoient de France fussent munis des choses nécessaires, qu'en tems de paix l'on trouve abondamment dans ces Isles; que les Troupes fussent encouragées par des augmentations d'appointemens & de gratifications. Loin de penser à lui, Damon ne songea qu'aux autres; il fit plus que son devoir. Au lieu de faire valoir son argent, comme bien d'autres se le feroient permis (il auroit pu doubler, tripler & quadrupler ses fonds), il altéra sa fortune en faveur des malheureux : il avança pour la Compagnie jusqu'à 256ς piastres effectives, valant alors 15 livres & au-delà; & à son retour, il n'en fut remboursé que sur le pied de 3 livres 15 sols la piastre, en plusieurs paiemens & plusieurs années après : ce qui faisoit une grande différence pour placer des fonds si légitimement acquis.

Il se choisit une douce compagne (1) ;
Esprit, vertus, talens rallument ses beaux feux.

AVEC cette épouse adorable
Ses jours s'écoulent dans la paix :
En elle un génie admirable
De mille soins divers lui dérobe le faix (1).

DEUX fils jeunes encor suivent déja ses traces (2) ;
En eux il renaît chaque jour.
Une beauté naissante & rivale des Graces (3),
Enlève son cœur à son tour.

PAR quelque pension modique
l'État ne prétend s'acquitter (4) :
Mais sur les rejetons de ce sujet unique,
l'État un jour peut se manifester.

----

(1) Le 7 Octobre 1766, il épousa en secondes noces Iris, Demoiselle de grande condition & de grand mérite.

(2) L'épouse de Damon est véritablement la femme forte dont parle l'Écriture Sainte : elle fait la joie de son mari, & met toute sa gloire à lui plaire & à lui rendre agréables tous les momens de la vie.

(3) L'on voit déja, dans les fils de Damon, des imitateurs du Héros qui leur a donné le jour.

(4) A une figure intéressante, la fille de Damon joint encore les graces, & toutes les qualités du cœur & de l'esprit qu'on voit briller dans son aimable mère.

(5) Le Ministère, autant qu'il est en lui, fait récompenser le mérite & le zèle. Il donne effectivement à Damon des marques de sa bienveillance, & convient qu'il lui seroit dû davantage.

Pour son Roi toujours plein de zèle,
Tout prêt à quitter ses foyers (1),
Il attend que sa voix l'appelle,
Pour aller cueillir des lauriers.

Ah! plus que septuagénaire,
Quel modèle parfait de courage, d'ardeur;
De ce prudent sang-froid, souvent plus salutaire
Qu'une impétueuse valeur!

Pour Dieu tout de feu comme un ange,
Il est de ses grandeurs jour & nuit occupé :
Il se fait ici-bas, chose, hélas! trop étrange,
Un paradis anticipé.

Poursuis, charmant Héros, ta célèbre carrière;
Avec ravissement aime, sers ton Auteur.
Que tes petits-enfans te ferment la paupière
Quand volera ton ame au séjour du bonheur.

---

(1) Malgré son âge, il ne desire rien tant que de servir de nouveau sa patrie, pour donner encore des preuves de sa capacité & de son zèle pour son Souverain.

A IRIS,

Sur les événemens de fa vie.

STANCES.

Amitié vraie, amitié douce & rare,
Sois ma Mufe aujourd'hui pour l'adorable Iris;
　　Avec toi le cœur ne s'égare,
Tu vaux mieux qu'Apollon, ou le fils de Cypris.

La révocation du grand Édit de Nantes
　　Effraie, étonne, & met tout aux abois :
　　Un million de familles errantes,
En tremblant, fe fouftrait à fes févères loix.

Atis (1) encore enfant, & d'illuftre naiffance
　　　D'une Religion d'erreur,
　　　Avec fon père abandonne la France
　　　Sans fortune, fans protecteur.

Il croît, il devient homme : ah! quels nouveaux
　　défaftres !
L'amour lui fait fentir fa flamme & fon ardeur.
　　S'il eft de bons, il eft de mauvais aftres
　　Qui ferment la porte au bonheur.

---

(1) Le père d'Iris.

Lise,

Lise, jeune beauté, l'enflâme (1);
Elle l'eftime, elle l'aime à fon tour :
Secondé de l'Hymen, l'Amour fond fur leur ame.
Trop fouvent fous leurs loix il n'eft qu'un heureux
    jour (2).

Les voilà donc efclaves d'Hymenée !
  Son joug eft faint dans fes biens, dans fes maux.
    On ne peut fuir fa deftinée ;
Mais l'infortune fait les plus fameux Héros.

    La fécondité de la terre
    Fait nos richeffes tous les ans.
Tous les ans Atis voit redoubler fa mifère
    En voyant naître fes enfans (3).

D'une époufe adorée & de haute nobleffe,
  Les maux lui déchirent le cœur :
Parente du Miniftre (4), il vient dans fa détreffe,
  Solliciter une honnête faveur.

    Dans une ville maritime (5)
    Il obtient un emploi borné,
    Qui le fait vivre avec eftime ;
    Mais las! toujours infortuné.

---

(1) Life étoit de bonne & ancienne nobleffe.

(2) Une aimable figure, du mérite & de la vertu faifoient la principale fortune de Life.

(3) Life étoit auffi féconde qu'infortunée.

(4) Le Cardinal de Fleury.

(5) Au Havre-de-Grace.

Lise   E

La fon époufe, avec un noble zèle,
   Se fait inftruire, abjure fon erreur.
Une fille lui naît (1) : charme nouveau pour elle!
Pour fa Religion quel objet de douceur!

   Aux Fonts facrés un Évêque la nomme (2);
   Sa marraine eft femme de piété,
L'on voit dans fa Maman les vertus qu'on renomme,
En naiffant tout lui rit, tout flatte en fa fanté.

    Fille fortunée & chérie,
  De huit enfans, toi feule en notre foi!
    Divine, raviffante amie,
  Je ne vais plus chanter que toi.

Comme tous les mortels, cet objet adorable
Éprouvera du fort les bontés, les rigueurs :
   Déja la mort de fa Maman aimable,
Dès l'âge de quatre ans lui fait verfer des pleurs (3).

    Sa pieufe & bonne Marraine
    La prend, la fouftrait à l'erreur.
Las! cette chère enfant ne peut reprendre haleine;
Atropos fur fon pere exerce fa fureur (4).

Eh! toi-même fans bien, tes foins, feconde mere (5)
Pour ta pupille font un débile fecours :

---

(1) Mon Héroïne. Elle faifoit la huitième de fes enfans.

(2) L'Évêque de Joppé.

(3) Dans un âge fi tendre elle avoit déja le cœur fi bon, & tant de portée d'efprit, qu'elle fentoit fa perte.

(4) Elle avoit à peine fept ans lorfqu'il mourut.

(5) La Marraine d'Iris avoit une ame grande & une fortune petite.

A ſes parens croyans porte une plainte amère (1).
  Leur foi t'offre un digne recours.

  Avec une tendre éloquence,
Cette Marraine écrit, expoſe ſes deſirs.
On demande l'enfant. Avec indifférence
  On voit ſes larmes, ſes ſoupirs.

Voila donc dans Paris ce rejeton illuſtre
Qui va long-temps encore & pleurer & gémir!
  Dans le milieu de ſon deuxième luſtre (2)
Elle voit ſes malheurs, elle fait les ſentir.

  On la ſéqueſtre en Monaſtère
  Avec du Roi modique penſion.
  Dans ſa famille elle eſt comme étrangère:
  Elle le voit avec émotion.

De tous abandonnée, une ſeule parenté (3)
  Fournit à ſes habillemens.
  Que ſa parure eſt mince, humiliante,
  Pour l'enfant & pour les parens!

Dans ces bienfaits bornés l'on ſeme de l'ivraie (4):
Pour elle on ne veut plus continuer des ſoins.
  Elle l'apprend, & n'en eſt pas moins gaie (5);
Son aiguille fournit à ſes preſſans beſoins.

---

(1) Ses parens de Paris étoient Catholiques.

(2) Elle avoit alors ſept ans & demi.

(3) Veuve de mérite & très-riche: elle étoit ſa tante à la mode de Bretagne.

(4) Une Dame, Penſionnaire dans le Couvent, lui rendoit de mauvais ſervices, & lui faiſoit belle mine.

(5) Un caractère unique, une humeur égale, une grande ſoumiſſion à la Providence l'ont toujours ſoutenue dans ſes peines

E ij

Six jours de la femaine, avec un goût fublime
Pour fe former l'efprit, le cœur, les fentimens,
Elle cède à fes doigts fans attrait, fans eftime.
Le Dimanche elle fait un grand emploi du tems.

    Ainsi fe paffe fa jeuneffe
    Depuis douze jufqu'à vingt ans.
Sa vie eft un modèle en vertus, en fageffe;
Tout en elle furprend & le cœur & les fens.

    Avec fa mine intéreffante
Où fe peint fa belle ame, où fiège fon efprit;
Sans effort elle plaît, elle enlève, elle enchante!
Chacun dans le Couvent l'accueille, lui fourit.

    Une jeune penfionnáire (1)
    Vient adoucir fa fituation.
Cette adorable amie avec fes père & mère
Dans l'opulence font fa confolation.

    Leur amitié pour elle a mille charmes.
    Un preffentiment de bonheur
    Vient enfin effuyer fes larmes :
Pour la première fois la joie entre en fon cœur.

Ils font tes inftrumens, Divine providence,
    Pour commencer tes fignalés bienfaits.
Avec de tels amis, on fent, on vit, on penfe;
Et mutuellement les cœurs font fatisfaits.

---

(1) Fille d'un Fermier-Général, douée de toutes les qualités du
cœur & de l'efprit.

Sa tante la revoit, lui trouve un grand mérite (1),
Lui redonne son cœur avec ravissement;
 A des festins elle l'invite,
L'écoute avec plaisir, avec étonnement.

 Dans son printemps encor pourroit-on ne pas plaire
  Avec graces, nobles talens?
Sur toutes questions, Iris fait satisfaire;
Son esprit est paré de tous les ornemens.

  Cette dame en fait son amie;
 Elle la vante à ses autres parens.
Au bout d'un an, hélas! elle quitte la vie!
 A mon Iris laisse vingt mille francs.

 Pour soutenir son illustre naissance
  Ce legs est un modique bien:
On veut le disputer; on la croit sans défense,
Dans ses premiers amis elle trouve un soutien (2).

 Ces bons, ces vrais amis lui font rendre justice.
Sa Marraine encor vit. Alors sans perdre tems,
Iris vole en ses bras, lui fait le sacrifice
 De son bien, de ses plus beaux ans.

  Chez cette femme octogénaire,
  Qui sans fortune est loin d'un fils,
  Elle fournit au nécessaire,
Supporte humeur fâcheuse & les jours & les nuits.

(1) Cette Dame reconnut à la fin qu'on l'avoit trompée. Combien de gens se laissent tromper comme elle!
(2) Ces amis ont eu besoin de tout leur crédit pour lui faire rendre justice.

HÉROÏSME parfait! ta Lindane, Voltaire,
　　　Dans ſes malheurs, dans ſes vertus,
　　N'étoit qu'un être imaginaire.
　A mon objet réel tous hommages ſont dus.

　　DANS ce ſéjour qui l'a vu naître,
　A ſon eſprit Iris donne l'eſſor :
　Toute étude fait ſon bien-être ;
　　Toute ſcience eſt ſon tréſor (1).

　　APRÈS neuf ans de ſoins, de patience,
　A cette bonne dame elle ferme les yeux.
　Son cœur a ſatisfait à la reconnoiſſance ;
　　Elle revole dans ces lieux (2).

　DANS les bras de l'Hymen, ſa tendre & douce amie,
Pour elle a conſervé ſon tendre attachement (3).
Chez cette amie elle eſt & reçue & chérie,
　　Et jouit de tout agrément.

C'EST-LA que le deſtin lui prépare une chaîne
　　Dont les chaînons ſeront bien doux :
　C'eſt un ſoutien dans le mal, dans la peine ;
　C'eſt un héros, un ſage, un digne époux.

---

(1) Là elle a fait l'admiration de tous ceux qui la voyoient, par ſon eſprit, ſa ſcience, ſes talens, & la bonté de ſon cœur.

(2) A Paris.

(3) La fortune de ſon amie étoit grande ; ſon mérite encore plus.

Oui là le grand Damon la voit, l'admire, l'aime :
Il lui préfente & fa main & fon cœur.
Iris l'eftime, elle l'aime de même :
D'accord avec l'Amour, l'Hymen fait leur bonheur.

Mais dans ce monde eft-il douceur parfaite ?
    Au comble même des defirs,
Et dans tous les tranfports d'une ame fatisfaite,
Il eft encor des maux qui naiffent des plaifirs.

Le bonheur de la vie eft une mince écorce
Sur un arbre de maux, fur le bois le plus dur.
Dans les grandes douleurs éclate notre force.
    Il n'eft qu'au ciel un bonheur pur.

La raviffante Iris fent qu'elle devient mère.
    Déleêtable fenfation !
Quelle frayeur, quelle trifteffe amère,
    Las ! caufera dans peu fa fituation ! . . .

Dans des déchiremens, dans des douleurs mortelles,
Après un long tourment un fils reçoit le jour.
    Que de ces foufrances cruelles,
    Il en réfultera d'amour (1) !

Deux fois encor la féconde nature
    La met aux portes de la mort.
Ah ! quelle fermeté dans le mal qu'elle endure ! . . .
Que le ciel foit loué ! la voilà dans le port.

___

(1) Qu'un cœur filial doit être tendre pour une mère, fur-tout lorfqu'il vient à favoir l'extrémité où l'a mife fa naiffance !

                E iv

Sur ſes chers rejetons, Providence, tu veilles,
Quels premiers dons, la ſanté, la beauté !
Pourſuis, fais-en d'étonnantes merveilles ;
Que ta toute-puiſſance éclate en ta bonté !

Ces branches, on le voit, tiendront de leurs deux
    tiges ;
Les frères & la ſœur ſeront à l'uniſſon :
Dans leur luſtre ſecond ils ſont de vrais prodiges
       Pour le cœur, l'eſprit, la raiſon.

Divine amie, avec ton époux reſpectable,
    Tes trois enfans, dignes préſens des cieux ;
Éprouve dans ton ame une joie ineffable :
Que tes jours ſoient rians, longs & délicieux!

A LA MÊME,

Qui étoit à sa Terre, en réponse à une Lettre.

MADRIGAL.

Charmante Iris, loin de toi que je t'aime !
    Quand je te vois, mon amitié
    Pour toi redouble de moitié.
Quand je t'entends, ah ! quel pouvoir suprême !
Tu me ravis, m'enchantes à l'extrême.
Quand je te lis, un nouveau sentiment
    Vient me pénétrer jusqu'aux larmes :
J'admire ton esprit délicat, pétillant,
    Vaste, sublime, plein de charmes.

A LA MÊME,

Sur un songe.

MADRIGAL.

O songe affreux, songe d'horreur !
Tu m'as représenté mon amie en la tombe,
    Ah ! cette idée est une bombe
Qui vient briser & fracasser mon cœur.

E v.

GRACES au Ciel, j'éprouve que tout songe
N'est que folie & que mensonge;
Mon adorable amie est en pleine santé.

QUEL plaisir naît de ma douleur extrême,
Qui, raviffante Iris, me prouve, en vérité,
Que je vous aime encor plus que moi-même.

A LA MÊME,

Pour la remercier de beaux fruits,
sur-tout de belles pommes.

VOS terres en nulle saison,
Charmante Iris, ne sont arides.
Vos fruits m'en disent la raison :
C'est le jardin des Hespérides.

A LA MÊME,

Pour la remercier d'un joli Almanach,
ou Recueil des Modes.

DU goût, de la frivolité
Tout-à-la-fois les modes sont l'emblême.
Quel spectacle à mes yeux que leur variété!
Quel charme pour mon cœur, le cher objet que j'aime
M'en fait un don! c'est un bijou suprême.

PORTRAIT ABRÉGÉ

DE

LA MÊME.

FEMME de jugement, de grand sens , de raison ;
Avec esprit gouvernant sa maison ;
Bonne épouse , excellente mère ;
Pour ses amis un cœur tendre & sincère ;
Aimant & servant Dieu sans ostentation ;
De ses égaux estimée, adorée ;
De ses inférieurs aimée & révérée.
En elle on ne connoît aucune passion ;
A la vertu par l'exemple elle exhorte.
Dans l'ébauche de ce portrait,
Voilà vraiment la femme forte :
Voilà mon Iris trait pour trait.

A LA MÊME.

ÉTRENNES.

TOI que j'admire en tout tems , en tous lieux ,
Femme rare , reçois mes vœux.
Ah! si le Tout-Puissant m'écoute ,
Adieu tes maux, adieu ta goutte :
Il le sait bien , tes jours sont précieux.

E vj

Pour mon plaifir, pour tes étrennes,
Qu'il éloigne de toi les foucis & les peines!
Qu'il te donne en longs jours fanté, force, vigueur
Que ton époux te chériffe & t'adore!
Qu'il foit fain, vigoureux, vermeil comme une aurore!
Qu'il foit par-tout en eftime, en honneur!
Que ta famille foit, comme toi, vive, aimable,
Dans un bonheur invariable!
Et que, pour dernière faveur,
Tes amis, comme moi, t'aiment du fond du cœur.

A LA MÊME.

REMERCIMENT.

CEUX qui me font indifférens,
Peuvent me faire des préfens,
Mon cœur ne s'en offenfe mie.
Mais de ta part, chère & divine amie,
Quoique ton don pour moi foit bijou précieux,
Il mortifie, afflige ma tendreffe.
Pour ma vive amitié, pour ma délicateffe,
Ton cœur tout feul eft plus délicieux.

****

A LA MÊME,

Au nom de Mademoiselle sa fille.

BOUQUET.

EN vous, chère maman, quel étonnant modèle !
Ame noble , vertus , talens , esprit divin.
  Quel champ pour animer mon zèle !
J'en bénis Dieu : voilà mon œillet , mon jasmin.

A HÉBÉ,

FILLE DE DAMON ET D'IRIS,

Agée de six ans.

BOUQUET,

*Accompagné d'un cœur enflammé,
& porté par des aîles.*

DANS un parterre , ce matin ,
  Je mêlois la rose , le thin,
L'anémone , l'œillet , la double g roffée ,
  La renoncule , le jasmin :
  Le tout , humecté de rosée ,
Pouvoit former un élégant bouquet.

Voulant occuper ma penſée
Quelques momens de mon objet,
J'entrai dans un ſombre boſquet.
Là je rêvois à toi, ma raviſſante amie ;
A ton jeune âge , à ta riante humeur,
A ton eſprit précoce, à ton excellent cœur,
A ta mine piquante, impoſante , jolie.

APRÈS ma douce rêverie,
Je m'en fus retrouver mes fleurs.
Ah ! je ne pus les reconnoître ;
Elles avoient perdu leur éclat , leurs couleurs,
Avec leurs ſuaves odeurs :
Phébus m'avoit , hélas ! joué ce tour de traître.
Mais fi de ſemblables préſens !
De l'inconſtance le ſymbole ,
Ils exprimeroient mal ce que pour toi je ſens.
D'une foible infortune un grand bonheur conſole :
Mon tendre cœur vers toi s'envole ;
C'eſt mon hommage , mon encens.

A LA MÊME.

ÉTRENNES.

Bonjour, charmante & chère amie.
Je fais pour toi nombre de vœux,
Non pour un an, mais pour ta vie;
Pendant que je ferai mon séjour dans les cieux.

PRIMO, qu'en ton adolescence
Se développent les talens
Qu'on a vu naître en ton enfance;
Papa, Maman feront contens.

QUE brillante soit ta jeunesse!
Que les graces, les ris accompagnent tes pas!
Que la vertu, que la sagesse
En tout, relèvent tes appas!

QUE ton teint de lis & de roses,
Ton œil perçant, ton minois fin;
Ta santé, ton esprit, tes sens en fortes doses,
Jusqu'au tombeau soient ton butin!

QU'A quatorze ans l'Hymen & l'Amour en bons frères,
Te donnent un mari de la haute valeur!
Qu'il soit admis dans les grandes affaires!
Que sa place t'élève au faîte du bonheur!

Que cet époux te rende Mère
De forts & d'aimables enfans !
Qu'ils soient heureux ! que tout leur soit prospère !
Que le grand-Père & la grand'-Mère
En rajeunissent de trente ans.

A LA MÊME,

Le jour de la Madeleine.

B O U Q U E T,

Accompagné d'un cœur.

On voit sur ton teint lis & roses.
N'est-ce pas, ravissant objet,
Un élégant, un précieux bouquet ?
Mon cœur t'en félicite. Ah ! qu'il te dit de choses !
Au Souverain maître des Cieux,
Pour ton bonheur il fait des vœux
Autant qu'en cette fête il est de fleurs écloses.

A MONSIEUR

L'ABBÉ POUPART,

Curé de Saint Euſtache de Paris.

MADRIGAL.

Dans un agréable loiſir,
J'ai vu Dimanche avec plaiſir
L'un des plus grands Paſteurs de l'Égliſe de France ;
Aimable, aimé, chéri de ſon troupeau nombreux :
Par ſon exemple & ſa mâle éloquence,
Il le ravit, le charme & le conduit aux Cieux ;
Il eſt de ſon Clergé l'ornement & la gloire,
Et mortel digne de l'Hiſtoire.
A ce portrait noble, ſimple & ſans fard,
Qui ne vous reconnoît, célèbre & cher Poupart ?

A MONSIEUR

DE LA ROUE,

Curé de Saint Côme de Paris.

ÉPITRE.

JE t'ai vu, c'est assez, aimable & cher la Roue,
Pour voir qu'avec raison tout le monde te loue.
   Que ton troupeau doit se trouver heureux !
   Tu fais le bien à l'extraordinaire :
Ah ! c'est que tu n'es pas un Pasteur ordinaire ;
     Pour soulager les malheureux
   Ton noble cœur est tout de flâme.
Ta physionomie annonce ta belle ame (1) :
Candeur, bonté, douceur, sagesse, piété,
Zèle, discrétion, prudence, bienfaisance,
Sont des écoulemens de la Divinité,
Et des dons que le Ciel tous les jours te dispense.
Pour satisfaire encor ta libéralité,
Que le Ciel qui t'a fait une ame peu commune,
     Un cœur rempli de charité,
En doublant tes vertus redouble ta fortune !
     Ce ne sera que te prêter ;
Mais ce sera te faire admirer, adorer.

(1) M. de la Roue est de la plus belle figure.

AU MÊME,

Le jour de Saint Jean-l'Évangéliste.

BOUQUET.

JEAN, le bien-aimé du Seigneur,
Avoit figure belle, ame grande, bon cœur.
Ainsi que son Patron, par l'ame & la figure,
L'aimable la Roue est de l'humaine nature
    L'admiration, l'ornement.
Puisse-t-il être heureux autant qu'il est charmant!

A CLORIS,

Le jour de sa Fête.

BOUQUET SANS FLEURS.

BELLE Cloris, on célèbre ta fête :
Reçois mon amitié, mon estime parfaite.
    Point de bouquet, par pitié pour les fleurs;
Ton teint effaceroit leurs plus vives couleurs.

:✳✳✳✳✳✳✳✳✳✳✳✳✳✳:

A T I R C I S

ET

A C L O R I S.

MADRIGAL.

Tircis est un mortel aimable
Par sa belle ame, son bon cœur,
Par son esprit charmant, par sa riante humeur.
Sa Cloris est douce, agréable,
Belle, spirituelle & pleine de candeur.
Le Ciel qui veille à leur bonheur,
Les satisfait au-delà de l'attente
Dans leur unique rejeton.
Qu'une félicité constante
Couronne leur tendre union !

VERS DE TIRCIS,

A MADEMOISELLE POULAIN,

A l'occasion de propos insolens d'un mauvais Parent.

Y penses-tu , vertueuse Poulain ,
De t'affecter des traits de la satyre?
 Ne sais-tu pas que c'est toujours en vain
Que contre les talens on a voulu médire?
 Je ne suis point de ton avis :
Si j'avois ta sagesse & ta philosophie,
Ainsi que Démocrite, ah ! je rirois. Oui , ris
Du méchant & du sot, du fou, de sa folie
 Et de tout plat individu ;
 Ils servent d'ombre au tableau de la vie ,
Et relèvent l'éclat de l'aimable vertu.

****

A MONSEIGNEUR

DE BEAUMONT,

ARCHEVÊQUE DE PARIS,

REQUÊTE.

MUSE, réveille-toi, parle avec confiance
Au premier Prélat de la France.

DE te parler, adorable Beaumont,
Pour moi ce seroit une fête :
Mais ta grandeur feroit rougir mon front.
Daigne donc par écrit agréer ma Requête.

UNE parente, las ! Mère de sept enfans,
Dans mon pays se vit veuve à trente ans.
Beaucoup d'honneur, peu de fortune
Rendent sa vie ennuyeuse, importune.
Un de ses fils ici vit sous tes loix :
Clerc à Saint Germain-l'Auxerrois,
Il attend avec patience
Les bontés de la Providence.
Au riche dans Paris tout rit :
Lui, sans bien, il y sent redoubler sa misère,
Même en privant son appétit.

Illustre Prélat, sois son Père ;
Pour ton cœur bienfaisant c'est un nouvel objet ;
Et pour ton Diocèse un rare & bon sujet.

Je te le dis fans hyperbole :
Doüé du don de la parole,
A peine âgé de vingt-un ans ;
Si pour toi fon amour & fa reconnoiffance,
Viennent aider fon éloquence,
Il fera grand avant le tems.

BIENTÔT donc fon devoir l'appelle au Séminaire :
Pas un fou pour fa penfion !
Dans fon befoin que peut-il faire
Que recourir à ta protection ?

Si ma Requête, hélas ! te déplaît & t'étonne,
Aimable & cher Beaumont, réfléchis & raifonne.
Je ne connois Laïc, Abbé,
Pour me fervir auprès de ta perfonne.
Mais je connois ta générofité,
Ton ame noble & charitable,
Ton cœur compâtiffant pour tous les malheureux,
Ta piété, ta douceur admirable,
Ton goût pour faire des heureux,
Et mille procédés que guide ta fageffe.
A ces vertus ma Requête s'adreffe :
Tu les eftimes plus que toutes tes grandeurs.
Auprès de toi, voilà mes puiffans protecteurs (1).

---

(1) Ce Prélat m'a fait l'honneur de m'écrire, & de
m'accorder la grace que je lui demandois. Mais mon parent ne l'a point acceptée, parce qu'il a trouvé des fecours dans
fa famille.

A DAMON,

Le premier jour de l'an, pendant la guerre (1).

QUELS vœux ferai-je, adorable Héros,
Pour ton grand cœur, ton ame peu commune?
Sur l'Océan cours, va fendre les flots
     Avec le Trident de Neptune.

    L'ON t'y verroit avec éclat,
     Servir ta Patrie & l'État.
Mais las! pour toi quelle gloire importune!
     Tu ferois belles actions;
Et tu ferois en butte aux noires trahisons
D'une troupe jalouse, odieuse, infidèle,
Qui rougiroit de voir en son chef plein de zéle,
     L'activité, le jugement
     Et le désintéressement.

AH! si le Ciel vouloit favoriser la France,
Tu te verrois bientôt en place d'importance,
    Où tu pourrois, sans parcourir les mers,
    Servir ton Roi dans mille soins divers,
    Par tes conseils, par ta rare prudence (2).

---

(1) De l'Amérique, en 1780.
(2) Le bruit couroit alors qu'il alloit être Ministre de la Marine.

                       HÉLAS!

HÉLAS ! sage Damon, serois-tu plus heureux ?
Il est par-tout des envieux,
Des ennemis du bien, des traîtres, des infâmes
Pour traverser les belles ames.

JE me remets à l'Éternel
Pour ton bonheur, pour ton bien-être,
Qu'il règle ton destin en bon Père, en bon Maître,
Et pour la terre & pour le Ciel.

AU MÊME,

Au nom de Mademoiselle sa Fille,
âgée de sept ans.

BOUQUET.

CE n'est point, cher papa, mon esprit que j'implore;
Sans lumières, hélas ! il ne sauroit encore
Former des chants dignes de vous :
Mais de ses sentimens mon jeune cœur jaloux,
Préfère aux doux présens de Flore
Le plaisir enchanteur de dire à vos genoux :
Je vous révère, & vous adore.

AU MÊME

ET

A SON ÉPOUSE,

Au nom de la même.

ÉTRENNES.

J'AIME papa du profond de mon cœur :
Je chéris maman à l'extrême.
Dans quarante ans (1) quel fera mon bonheur,
Si mes petits-enfans les chériffent de même.

---

(1) Le papa étoit alors plus que feptuagénaire.

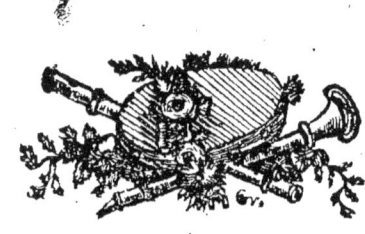

A MONSIEUR

L'ABBÉ POUPART,

Curé de Saint Eustache.

ÉTRENNES.

QUE de vœux aujourd'hui font tes tendres ouailles,
Aimable & cher Poupart, pour ta félicité,
    Pour ta précieuse santé !
Mais pour elles aussi jour & nuit tu travailles ;
En père charitable, en vigilant Pasteur
    Tu les conduis au solide bonheur.

  SANS être ta brebis, ne puis-je pas de même
    Prier pour toi la Majesté Suprême ?
    N'as-tu pas droit au cœur de tout François,
    En dirigeant le plus cher de ses Rois ? (1)
    N'as-tu pas droit à toute notre estime
  Par tes hautes vertus, ton mérite sublime ?
Que le Ciel daigne donc m'écouter à mon tour !

  DANS une noble & brillante carrière,
     Que l'on t'admire chaque jour !
Sois pour l'Église une vive lumière !
Que vingt lustres & plus te ferment la paupière !
    Puis vole au céleste séjour
    Sur les aîles du Saint Amour.

---

(1) Louis XVI.

A ALCANDRE,

Fils ainé de Damon & d'Iris.

ÉTRENNES.

AIMABLE fils d'un sage, d'un héros,
Sage, héros déja dans ton célèbre enclos (1),
Puisses-tu quelque jour faire grandes conquêtes!
   Émerveiller le plus cher de nos Rois!
   Faire chanter *Te Deum* aux François! (2)
Leur causer vive joie & pétillantes fêtes!
   Voilà les vœux que fait pour toi mon cœur
A celui, cher ami, qui seul fait le vainqueur.

---

(1) Juilly.

(2) Il étoit question alors de la prise de la Grenade, pour laquelle il y eut un *Te Deum.*

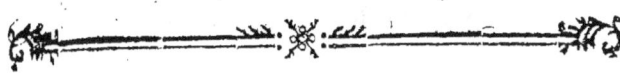

A CÉLADON,

Fils cadet de Damon & d'Iris.

ÉTRENNES.

Puisses-tu, jeune Chevalier,
   Quelque jour savoir allier
Les vertus des héros & les vertus Chrétiennes!
Enchanter, étonner par de fameux exploits,
   Et parvenir à d'illustres emplois!
Voilà, cher Céladon, mes vœux & tes étrennes.

A MONSIEUR

L'ABBÉ DE SAINT-JULIEN.

ÉTRENNES.

Que je t'admire, aimable Saint-Julien!
   Depuis long-tems tu fais le bien
Par ta science & profonde & divine:
   Tu soulages l'humanité
   Dans une triste infirmité (1)
   Que néglige la médecine.

(1) La surdité.

F iij

Je te dois des remercîmens,
　Trop tardifs, mais par ton abfence,
　Non faute de reconnoiffance.
Je te les fais, cher Abbé, dans ce tems
Où tout le monde a pour ufage
De faire un grand nombré de vœux
Pour fes parens, fes amis, fes neveux :
　Reçois les miens, c'eft mon hommage.

　Que le Ciel te donne toujours
　Santé parfaite en de longs jours !
Que chacun, comme moi, t'eftime & te révère !
Qu'on fache apprécier ton favoir falutaire !
　Et fois, pour comble de bonheur,
A deux fois cinquante ans, plein de fens, de vigueur.

A MONSIEUR
L'ABBÉ BAILLET,

Sur son Panégyrique de Saint Landri,
prononcé à S. Germain-l'Auxerrois.

Dans la Chaire de vérité
Je t'ai vu, cher Baillet. Quelle grave prestance !
   Que j'ai maudit ma surdité
Qui me privoit de ta vive éloquence !
Ton auditoire étoit & brillant & nombreux :
   Sur toi se fixoient tous les yeux.
Ton discours (je l'ai lu) bien narré, plein de charmes,
   De traits saillans, de force, d'onction ;
      Faisoit couler de douces larmes,
      Pénétroit d'admiration.

   Enchanter tout dès ta jeunesse (1)
   Est pour toi d'un présage heureux.
Puisses-tu par tes mœurs, ton esprit, ta sagesse,
   Te voir un jour au comble de tes vœux.

_____

(1) M. l'Abbé Baillet n'avoit alors que vingt-un ans.

F iv

PORTRAIT ABRÉGÉ

DE

MONSIEUR RINGARD

Curé de Saint Germain-l'Auxerrois.

STANCES.

Ringard eſt un Paſteur affable, doux, aimable,
 Plein de bonté, de charité,
De zèle, de ſageſſe & de dextérité
 Pour rendre heureux le miſérable.

 Pour ſon Clergé quel objet enchanteur !
Quel ami de la paix ! quel excellent modèle ! .....
De ſon troupeau nombreux père tendre & fidèle,
 Il fait la joie & le bonheur.

Sa phyſionomie annonce ſa belle ame :
 Et ſon eſprit ingénieux
 Eſt une douce & forte rame
Qui conduira ſa barque au royaume des Cieux.

A MONSEIGNEUR
DE JUIGNÉ,
ARCHEVÊQUE DE PARIS.

STANCES.

ADORABLE Prélat , illuſtre & cher Juigné ,
En vous le Ciel enfin comble notre eſpérance :
De votre grand troupeau vous avez jà gagné
Reſpect, amour, eſtime & confiance.

DE bons , de Saints Prédicateurs
Vous déliez la langue ; & tout leur auditoire ,
En les écoutant, vous rend gloire :
Vers vous s'envolent tous les cœurs.

VOUS redonnez aux conſciences
La douce & chère liberté
Qui mieux que l'or & les ſciences
Remet en union toute ſociété.

IL n'eſt plus de vain anathême ,
Qui, quoiqu'injuſte, abattoit , accabloit !
Depuis plus de trente ans , dans ſa détreſſe extrême ,
C'étoit donc après vous que le cœur ſoupiroit ?

IL ſoupiroit après un Père
Plein de douceur, de charité ;
Que chacun admire & révère ,
Qui fait notre félicité.

F v

De nos myſtères redoutables
Vous exercez les fonctions.
Quel exemple pour vos ſemblables !
Quelle ſource pour nous de bénédictions ! (1)

De toutes les vertus vous êtes un modèle :
En vous que de candeur & que de piété !
Quel amour de la paix ! quelle ardeur ! quel ſaint zèle !
Quelle noble ſimplicité !

Ah ! que Louis a montré de ſageſſe
Dans l'heureux choix qu'il nous a fait !
Que ſa paternelle tendreſſe
Triomphe, éclate en ce nouveau bienfait !

---

(1) Les bénédictions du Ciel que ſes Prières nous attirent.

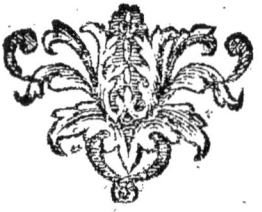

✻✻✻✻✻✻✻✻✻✻✻✻✻✻✻.

A DAPHNIS (1).

ÉTRENNES.

Depuis long-tems ta vue est en souffrance ;
Tu supportes tes maux en paix, en patience.
Vois donc , sage Daphnis , dans un esprit de foi,
   Un heureux avenir pour toi.
Mais si le Ciel content de tes longs sacrifices ,
   Vouloit encor de la clarté
   Te faire goûter les délices ;
Pour toi, pour tes amis quelle félicité !
Dans ton ame pour Dieu quelle ferveur nouvelle !
Pour la Religion quel amour , quel saint zèle
Exerceroient ta plume , & tes yeux en vigueur !
Voilà, savant Daphnis, les grands vœux de mon cœur.

_____

(1) Daphnis , savant Auteur , qui , quoiqu'aveugle, com-
posa différens Ouvrages sur la Religion & sur le Droit.

A SILVIE.

MADRIGAL.

Vous triomphez, adorable Silvie,
Des vains propos & de la noire envie.
L'on n'a fu vous apprécier
Lorfqu'on a traité de fottife
Des actes de bonté dictés par la franchife,
Et dont on auroit dû vous bien remercier.
Malgré tous les difcours je faurai vous connoître,
Vous admirer, & reconnoître
En vous de grandes qualités :
Un efprit jufte, droit, vafte, & plein de fineffe ;
Un cœur compâtiffant, tendre, & plein de fageffe
Pour déployer des libéralités ;
Une ame noble & généreufe,
Et cette piété qui rend la vie heureufe :
Enfin mille vertus qui, vers le Créateur,
Vous feront élever au faîte du bonheur.

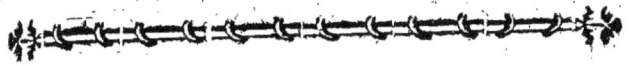

A IRIS,

Sur son Château.

STANCES.

Dans le château de l'adorable Iris
Le cœur est gai, l'ame est contente :
    Tout s'y fait sur des tons polis,
  Tout plaît, tout ravit, tout enchante.

  C'est le séjour des graces ; des vertus,
De l'esprit, du bon cœur, des talens, du génie
Et de tout ce qui fait l'agrément de la vie.
    Ah ! quels éloges lui sont dus !

    Quand autour d'une table ronde
    Tous les convives sont assis,
Jeunes & vieux, & la brune & la blonde
    Charment les cœurs & les esprits.

C'est un Olympe : là le nectar, l'Ambrosie,
Sont servis par Jupin, Esculape, Bacchus,
A Minerve, Junon, Cérès, Hébé, Vénus,
    A toute la troupe choisie.

    Dans le jardin au doux Printems
    Se renouvelle la nature ;
Parterre, arbres, gazons, fleurs, naissante verdure,
Frappent les sens, le cœur, l'ame à tous les instans.

L'ÉTÉ fous les berceaux voltigent les Zéphyrs.
En Automne gaîment s'y fait repas fans nappe;
Du doux fruit de Bacchus chacun avec fa grappe,
　　　Occupe, amufe fes loifirs.

MAIS de tous les côtés la divine maîtreffe,
　　　Par fa candeur, fon amabilité,
Fait aimer & goûter la vertu, la fageffe.
Pour les hôtes voilà des fources de fanté.

A ZIRPHÉ,

Épouse de mon Mécéne.

MADRIGAL.

Quelle douce sensation
En vous aimant que l'on éprouve !
Vous faites mon plaisir , mon admiration.
Aimable & chère amie, ah ! que mon cœur m'approuve !

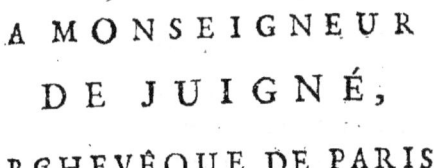

A MONSEIGNEUR

DE JUIGNÉ,

ARCHEVÊQUE DE PARIS,

ÉTRENNES.

Ah ! quel plaisir délicieux
Pour moi, charmant Juigné , Prélat incomparable ,
Sage , pieux , savant , si ta personne aimable
Daigne accepter mes tendres vœux.

Aux tiens que le Très-Haut soit toujours favorable !
Qu'il éloigne de toi les cœurs faux , les ingrats !
Que les destins toujours propices
Rendent tes jours pleins de délices !
Que par-tout le bonheur accompagne tes pas !

Que ta santé soit leste & vigoureuse !
Que ton troupeau t'admire & t'aime avec ardeur !
Qu'il rende ta belle ame & contente & joyeuse !
Que dans vingt ans enfin naisse ton successeur !

AU MÊME.

MADRIGAL.

Votre grande ame, adorable Prélat,
Se plaît à soulager l'humanité souffante.
　　Aux malheureux votre cœur délicat
　　　Leur évite même l'attente.

　　　Mille sublimes vertus
　　　　Font votre partage.
　　　J'admire de plus en plus
　　　　Ce bel appanage.
　　　En vous que de piété,
D'aménité, de paix, d'ardeur, de charité !....
　　　Vous êtes un vrai sage.
　　　De mon esprit enchanté
　　　Recevez l'hommage.

A DAPHNIS.

ÉTRENNES.

AUJOURD'HUI chacun fait des vœux
Pour ceux qu'il eftime, qu'il aime.
Cher Daphnis, je t'admire & t'eftime à l'extrême :
Que le grand Monarque des Cieux
A mon fouhait te rende heureux !
Qu'il te donne fanté robufte, vive, lefte !
Qu'il veille avec amour, de fon trône célefte,
Sur toi, fur tes jours précieux !
Qu'il te les donne longs, fereins, délicieux.

A U   M Ê M E.

B O U Q U E T.

Déja l'Hiver eſt loin , tout brille en la nature ;
Il n'eſt plus de frimats , de malignes vapeurs :
En vain Borée en ſoupire , en murmure ;
　　Dans ces beaux lieux quelle verdure !
　　Dans ce parterre quelles fleurs !

Ainsi parlois au lever de l'aurore
Dans un jardin favoriſé de Flore,
En formant pour Daphnis un bouquet élégant,
　　Digne de lui , frais , odoriférant.

Phébus paroît : mes fleurs baiſſent la crête :
　　« Fi , fi ! me dit une céleſte voix !
　　» Il faut faire un plus digne choix
　　　　élébrer d'un vrai ſavant la fête ».

C'est Apollon, oui , je le reconnois ,
Et d'abord humblement lui préſente requête.

Ce Dieu me dit : « J'eſtime ton objet ;
» En lui réſide une haute ſageſſe ;
　　» Une ame grande , un cœur parfait
　　» D'où tous les jours naît bienfait ſur bienfait ;
» Mille vertus au bien qui l'excitent ſans ceſſe ;
» Un eſprit plein de force & de délicateſſe .... ».
Je ſaiſis & m'écrie : *Oh ! le charmant bouquet !*
Reçois-le , cher Daphnis, c'eſt toi, c'eſt ton portrait.

*

AU MÊME,

Le jour de la Fête des Trépassés.

SONNET.

Aujourd'hui, cher Daphnis, une sainte tendresse
Nous invite, pour ceux qui sont privés du jour,
A prier le Très-Haut qu'au célefte séjour
Ils pofsèdent ce bien qu'ils defirent sans cesse.

Ils nous ont dévancés dans un lieu de tristesse.
Mais, pour leur témoigner notre fidèle amour,
Mettons-les en état de prier à leur tour,
Pour nous faire avoir part à leur vive allégresse.

Connoissant dans ton cœur un zèle pur, ardent;
Sur toi je me remets de ce lugubre hommage :
Tu prieras pour les morts, & moi pour un vivant.

Oui, je prierai pour toi : par-là je me dégage,
En demandant au Ciel que, pour les rendre heureux,
Tu puisses dans trente ans prier encor pour eux (1).

(1) Daphnis étoit alors feptuagénaire.

A PHILIS.

MADRIGAL.

CHÈRE Philis, en vous que j'admire de charmes!
Difcrétion, prudence, étonnante bonté,
Ame noble, efprit grand, belle vivacité !
Pour enlever les cœurs eft-il plus fortes armes ?

Ouı; dans votre perfonne il en eft une encor
Qui mérite la préférence :
C'eft l'amitié par excellence.
Un cœur qui fait aimer eft un riche tréfor.

Que l'Éternel, pour vos vertus aimables,
Vous donne jours fereins, longs, agréables.

A GLICÈRE,

Supérieure d'une Communauté Religieuse.

ÉTRENNES.

RAVISSANTE Glicère , objet cher , adorable,
Qu'on ne peut voir fans trouver toute aimable ;
  Pour premiers vœux que ta fanté
De plus en plus fleuriffe & foit durable !
  Que ta chère Communauté
T'admire comme moi , te trouve incomparable !
  Que tes jours foient longs tant & plus,
 Toujours marqués par tes hautes vertus !
Pour dernière faveur , qui ne fera petite ,
Que ton bonheur en tout égale ton mérite !

A CLOÉ,

*Maîtresse des Pensionnaires dans la même
Communauté.*

ÉTRENNES.

TES Nymphes, par tes soins, sont gentilles, aima-
bles:
Pour toi, Cloé, leurs vœux sincères, véritables,
Vont aller aujourd'hui droit au Dieu des faveurs:
  C'est un essaim de jeunes cœurs
Qui va forcer le Ciel à te rendre contente.
 Puisses-tu l'être au-delà de l'attente!

A PHILIS,

BOUQUET

*Accompagné d'un cœur enflammé,
& porté par des aîles.*

UNE brillante fleur que l'aurore voit naître
  Et que le Soleil voit mourir,
  Vous feroit-elle bien connoître
  Tous mes vœux pour votre bien-être,
Pour votre gloire & pour votre plaisir?
Chère Philis, non, non; mais je vous offre un gage
Qui ne le cède pas à la plus belle fleur:
  C'est le sincère & tendre hommage
  De mon estime, de mon cœur.

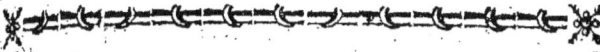

A DORIS,

Sur un rhume qui lui causoit une extinction
de voix.

LE rhume, compagnon toujours très-importun,
  Pour se distinguer du commun,
Chez l'aimable Doris établit son empire.
  En maître il y donne ses loix;
Il y règne en tyran sur tout ce qui respire :
  Doris en perd l'usage de la voix;
Les autres le plaisir de la pouvoir entendre :
  Plaisir divin, noble, enchanteur;
Conversation vive & pleine de douceur
Que le sexe vulgaire, hélas! ne peut comprendre!
  Lui qui toujours trouble le tems
  Par de fades raisonnemens,
Devroit lui seu) du rhume éprouver la colère.
Le rhume alors deviendroit salutaire :
  Il banniroit les discours superflus ;
  Et chez Doris on ne le craindroit plus.

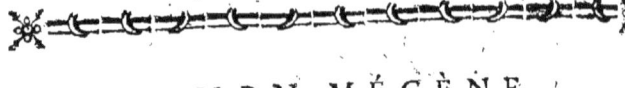

A MON MÉCÈNE.

MADRIGAL.

Sur votre phyſionomie
Que de nobleſſe & de grandeur !
On y voit les talens, l'eſprit & le génie,
Cher Mécène, ſe joindre aux qualités du cœur.

A ZIRPHÉ,

Épouſe de mon Mécène.

MADRIGAL.

Sur votre front, Zirphé, ſiègent graces, candeur,
Douceur, aménité, grandeur d'ame frappante :
Dans vos lettres ſtyle enchanteur.
Mille agrémens vous rendent raviſſante.

Dans votre converſation
Quelle affabilité ! quelle délicateſſe !
Quels nobles ſentimens ! que d'eſprit, de juſteſſe !
Quel enſemble ! quelle union !

A LA MÊME.

BOUQUET.

EN ce jour si le Tout-Puissant
Écoute ma requête,
Mon adorable amie aura le cœur content,
Bonne & riante fête.
Oui, si le Ciel approuve de mon cœur
Les élans & la tendre ardeur,
Ravissante Zirphé, vous vous verrez au faîte,
Dès ce jour même, au faîte du bonheur.

A LA MÊME.

MADRIGAL.

CHÈRE Zirphé, depuis votre tendre jeunesse
J'admire en vous talens, esprit, vertu, sagesse.
Vous ravissez, vous enlevez mon cœur ;
Je m'en fais gloire, il est toujours flatteur
De savoir placer son estime :
En vous je rends hommage au mérite sublime.

A MA PATRIE,

Sur l'Air épais & mal-sain de Paris.

QUATRAIN.

Loin de toi, que de maux, ô ma chère Patrie !
Vainement dans le beau, le raviffant Paris
L'on efpère goûter les douceurs de la vie ;
Adieu fanté, repos, teint frais & coloris.

LES DÉLICES

DE

LA CAMPAGNE,

Dans chaque faison.

VAUDEVILLE MORAL,

Sur l'Air : *A notre bonheur l'Amour préside.*

CHANT II.

PRINTEMS.

Dans nos châteaux d'antique ſtructure,
Le Printems ravit à ſon retour :
Tout nous rit dans la belle nature,
Chaque plante nous charme à ſon tour.
Dans notre campagne reſſeurie,
Et dans la prairie
Quelle douce odeur !
Les oiſeaux dans le naiſſant feüillage
Chantent le bel âge,
Chantent leur Auteur.

G ij

ÉTÉ.

Dans nos bois ruftiques & champêtres,
Nous goûtons un frais délicieux:
Sous les ormes, les chênes, les hêtres
Phébus n'ofe nous lancer fes feux.
Dans une féconde & riche plaine (1),
Un beau foir amène
D'étonnans plaifirs (2):
Des aftres la Majefté Suprême,
Fait vers le Ciel même
Voler nos defirs.

AUTOMNE.

A nos yeux quel raviffant fpectacle !
Il naît pour nous de nouveaux bienfaits;
Chaque moment produit un miracle
Pour nos cœurs déja trop fatisfaits:
Nos vergers de mille fruits abondent;
Nos ceps nous inondent
D'un jus précieux.
Grains, légumes, fruits, toute exiftence
Chantent la puiffance
Du Maître des Cieux.

---

(1) Riche par les foins, les moiffons, &c.

(2) Eft-il rien de plus agréable qu'une belle foirée d'été.

HIVER.

QUAND l'Aquilon règne en nos bocages,
Les livres ont nos plus doux momens ;
Des Auteurs savans , amusans, sages
Nous dédommagent des jours charmans.
De notre société choisie ,
L'ennui , la folie
N'osent approcher.
Contre l'Amour même , en notre asyle ,
L'ami tranquille
Est notre rocher.

G iij

LES AGES

Comparés avec les Saisons.

VAUDEVILLE MORAL,

Sur l'Air : *Quand Iris prend plaisir à boire.*

CHANT VII.

PRINTEMS DE L'AGE.

DU Printems l'aimable jeunesse
A l'éclat, la délicatesse,
   Tout lui rit, tout flatte son cœur.
Elle folâtre, elle aime, elle bouillonne :
   C'est l'âge idéal du bonheur ;
   Mais il passe comme une fleur ;
C'est un zéphyr (*bis*) qui papillonne.

ÉTÉ DE L'AGE.

O chaleur, souvent importune,
Tems où l'on court à la fortune,
Que d'orages dans ta saison !
L'ambition, l'intérêt, tous les vices
Tonnent de maison en maison :
Le cœur, l'esprit & la raison
Sont les jouets (*bis*) des noirs caprices.

AUTOMNE DE L'AGE.

Quel trésor, quel précieux âge,
Où l'homme vit en docte, en sage,
Le cœur libre de passions !
A la vertu son ame s'abandonne :
Par de mûres réflexions,
Tout est grand dans ses actions.
O fruits charmans ! (*bis*) ô riche Automne !

HIVER DE L'AGE.

Triste Hiver que notre vieillesse !
Mais elle amène la sagesse (1)
Où règne un éternel Printems.
Il n'est plus là ni pleurs, ni sacrifices ;
Tous les plaisirs y sont constans,
Et le cœur à tous les instans
Nage à grands flots (*bis*) dans les délices.

_____

(1) L'homme qui a pratiqué la sagesse.

DÉSERTION

DE

L'AMITIÉ ET DE LA JUSTICE.

COUPLET,

Sur le même Air.

L'AMITIÉ n'eſt plus ſur la terre ;
Elle eſt au ſéjour du tonnerre ;
La Juſtice eſt à ſes côtés.
L'intérêt vil , tous les vices voraces
Ont fait fuir ces deux Déités :
Au Palais des Divinités ,
Elles ont là (*bis*) de dignes places.

CHANT I.

Sur l'Air : *Viens dans mon cœur.*

CHANT II.

Sûr l'Air : *Grand Gosier.*

CHANT III.

Sur l'Air : *Petits Oiseaux, rassurez-vous.*

CHANT IV.

Sur l'Air : *A table avec mes amis.*

G vj

CHANT V.

Sur l'Air : *Des Folies d'Espagne.*

CHANT VI.

Sur l'Air : *Tircis cherchant Philis au bois.*

CHANT VII.

Sur l'Air : Quand Iris prend plaisir à boire.

CHANT VIII.

Sur l'Air : Rochers, vous êtes sourds.

CHANT IX.

Sur l'Air : *Ah! que mon cœur va payer cherement.*

CHANT X.

Sur l'Air : *Jamais la nuit ne fut si noire.*

CHANT XI.

Sur l'Air : *A notre bonheur l'Amour préside.*

CHANT XII.

Sur l'Air : *Envain pour oublier une Beauté cruelle.*

D

DA

SŒ

POÉSIES

EN CHANT,

POUR SERVIR

D'AMUSEMENS

AUX

DAMES RELIGIEUSES

ET

SŒURS DE COMMUNAUTÉS.

D
dans
vos qu
y pro
en ch
pectal
fes,
à leu

(1) I

A MADEMOISELLE

RICHARD (1).

MADEMOISELLE ET CHÈRE AMIE,

DESTINÉE *à passer encore quelques années dans le Couvent, quoique vous touchiez déja à vos quinze ans, je ressens un plaisir infini à vous y procurer de doux momens, par des Poésies en chant, conformes au goût de la Maison respectable que vous habitez. Ces Damês Religieuses, douées d'une piété solide, savent inspirer à leurs Élèves l'amour céleste qui fait adorer*

---

(1) Fille de feu M. Richard, Auditeur des Comptes.

& servir Dieu en esprit & en vérité ; elles leur font mépriser les vains ajustemens, & cette coquetterie rafinée, si funeste à la vertu : en un mot, elles travaillent à former de bonnes épouses & de bonnes mères ; vraies richesses pour l'État.

En attendant, MADEMOISELLE, que vous soyez rendue au monde, à qui vous plairez sûrement par votre caractère aimable, votre égalité d'humeur, vos talens & les charmes de votre esprit ; je vous dédie ces Poésies que j'ai composées pour l'amusement des Dames & Demoiselles qui font leur séjour dans des Monastères. Agréez, je vous supplie, mon hommage comme un gage de ma tendresse, & de l'estime singulière avec laquelle j'ai l'honneur d'être,

MADEMOISELLE ET CHÈRE AMIE,

Votre très-humble & très-
obéissante Servante
POULAIN DE NOGENT.

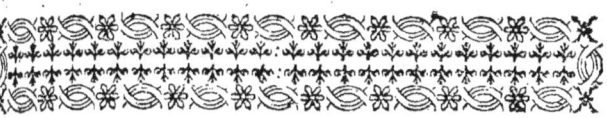

POÉSIES
EN CHANT,
POUR SERVIR
D'AMUSEMENS
AUX
DAMES RELIGIEUSES.

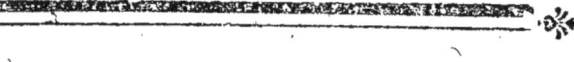

AMOUR DE DIEU,
ET
INVOCATION AU SAINT - ESPRIT.

Sur l'Air : *Viens dans mon cœur, Dieu de la treille.*

CHANT PREMIER.

A L'Éternel, au Dieu suprême,
Quel bonheur de donner ses jours !
L'on n'est heureux que quand on l'aime.
A lui soit mon cœur pour toujours !
A l'Éternel , &c.

H

Esprit divin, (*bis*, *bis*.) célefte flamme, (*bis*.)
Embrâfe-moi de tes beaux feux :
  Célefte flamme, (*bis*.) célef-célefte flamme,
Embrâfe-moi de tes beaux feux.
Un jour au féjour glorieux,
  Fais triompher mon ame :
Un jour au féjour glorieux,
  Fais triompher . . . . mon ame.

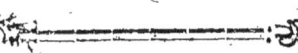

BONHEUR

DE

LA RETRAITE

DANS LES MONASTÈRES.

Sur l'Air : *Grand Gofier difoit à Grégoire ;* ou,
Verfe, verfe, verfe du vin.

CHANT II (1).

Dans notre demeure paifible
Nous béniffons notre heureux choix :
Du Très-Haut nous fuivons les loix ;
Il nous ravit, quoiqu'invifible.
  Verfe, verfe, verfe fur nous tes faveurs,
  Dieu tout-puiffant, Dieu de nos cœurs.

(1) Cet air doit être chanté à voix feule ; toutes les autres
voix s'uniffent, & chantent le refrain.

Tout nous retrace le bel âge ,
Dans ce beau féjour de la paix :
Le Ciel nous comble de bienfaits ;
Dans fes plaifirs notre ame nage.
Verfe, verfe, verfe fur nous tes faveurs,
  Dieu tout-puiffant, Dieu de nos cœurs.

Nous chantons de Dieu les louanges ;
Nous l'admirons dans fes grandeurs ;
Nous adorons fes profondeurs
En tremblant , ainfi que les Anges.
Verfe, verfe, verfe fur nous tes faveurs ,
  Dieu tout-puiffant, Dieu de nos cœurs.

✖

Lorfqu'à nous ce grand Dieu fe donne (1),
Quel charme pour nos cœurs épris !
Cette grace eft d'un plus grand prix
Pour nous, qu'une riche couronne.
Verfe, verfe, verfe fur nous tes faveurs,
  Dieu tout-puiffant , Dieu de nos cœurs.

---

(1) Par la Communion.

H ij

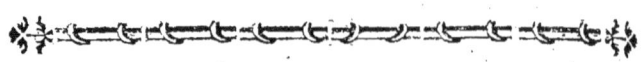

POUR LE PRÉLAT.

Sur l'Air : *Petits oiseaux , rassurez - vous.*

CHANT III.

Dieu tout-puissant, comble les vœux
De notre Prélat adorable ;
Rends son bonheur inexprimable
Par tes dons les plus précieux.
Que le respect, l'amour , l'estime
De son Troupeau rendent rians ses jours !
De dix lustres encor (1) prolonges-en le cours,
Pour son cœur paternel , sa charité sublime.

(1) On suppose ici que le Prélat passe cinquante ans, ou même
soixante. Au reste on peut ajouter ou diminuer.

POUR LE PASTEUR.

Sur l'Air : *Verse, verse, verse du vin.*

CHANT II.

Sur notre Pasteur charitable,
Grand Dieu, répands tous tes bienfaits;
Que ses jours coulent dans la paix !
Rends son bonheur invariable.
Comble, comble, comble ses vastes desirs :
Ta gloire fait tous ses plaisirs.

H ij

POUR LE SUPÉRIEUR.

Sur le même Air.

CHANT II.

Bénissons la Toute-puiſſance
Qui préſide à notre bonheur :
Notre aimable Supérieur
Eſt un don de la Providence.
Vive, vive, vive cet homme divin !
Il embellit notre deſtin.

Il nous ravit par ſa ſcience,
Sa ſageſſe, ſa piété ;
Quelle noble ſimplicité !
Quelle vive & mâle éloquence !
Vive, vive, vive cet homme divin!
Il embellit notre deſtin.

Dans ſes inſtructions touchantes
Tous les défauts ſont combattus :
Mais que belles ſont les vertus,
Dans ſes comparaiſons frappantes !
Vive, vive, vive cet homme divin !
Il embellit notre deſtin.

Sous ſes loix nous vivons contentes
Dans la charité, dans la paix.
Ah! que cette paix a d'attraits
Dans ſes peintures raviſſantes!
Vive, vive, vive cet homme divin!
Il embellit notre deſtin.

POUR LE DIRECTEUR.

Sur le même Air.

C H A N T I I.

Dieu tout-puiſſant, de notre Père
Conſerve les jours précieux:
Dans le chemin étroit des Cieux
Il eſt notre Ange tutélaire.
Vive, vive, vive un ſi bon Conducteur!
Il mène au ſolide bonheur.

Une conſcience en alarmes,
En lui trouve un conſolateur:
Il ſait reprendre avec vigueur;
Mais il ſait eſſuyer les larmes.
Vive, vive, vive un ſi bon Conducteur!
Il mène au ſolide bonheur.

H iv

Sa conduite pleine de charmes
Lui gagne les cœurs, les esprits :
Contre l'enfer ses saints avis
Sont de victorieuses armes.
Vive, vive, vive un si bon Conducteur !
Il mène au solide bonheur.

Ses paroles, pleines de vie,
Rendent même aimable la mort :
Elle est le desirable port
De notre céleste Patrie.
Vive, vive, vive un si bon Conducteur !
Il mène au solide bonheur.

Vers cette divine demeure
Il dirige tous nos desirs :
Qu'il nous y fait voir de plaisirs !
Notre cœur y vole à toute heure.
Vive, vive, vive un si bon Conducteur !
Il mène au solide bonheur.

POUR UNE ABBESSE.

Sur le même Air.

CHANT II.

CHANTONS notre adorable Abbesse (1),
Offrons-lui l'encens de nos vœux.
Dieu saint, rends son destin heureux ;
Sur ses beaux jours veille sans cesse :
Comble, comble, comble ses sages souhaits
Par de surabondans bienfaits.

POUR nous quel excellent modèle
D'affabilité, de candeur,
De piété, de sainte ardeur !
Dieu juste, couronne son zèle ;
Comble, comble, comble ses sages souhaits
Par de surabondans bienfaits.

SOUS ses loix vivons sans alarmes ;
Elle nous mène au vrai bonheur.
Que son esprit a de douceur,
De délicatesse & de charmes !
Comble, comble, comble ses sages souhaits
Par de surabondans bienfaits.

---

(1) On peut appliquer cette Pièce à toute personne Supérieure,
en mettant *Aimable Maîtresse.*

H v

POUR UNE ABBESSE.

Sur l'Air : *A table avec mes amis.*

CHANT IV.

Que nos jours font délicieux
Sous tes loix, Abbeffe adorable ! (1)
Tes vertus décorent ces lieux :
Tu nous y fais goûter un charme inexprimable.
　　Tes grands exemples font vainqueurs,
　　Tes grands exemples font vainqueurs :
　　L'amour célefte en nous s'imprime.
Par ton efprit divin , par ton ame fublime ,
　　Triom . . . . phe , triomphe toujours fur nos cœurs,
　　Triomphe . . . . phe toujours fur nos cœurs.

---

(1) Si c'eft une Prieure ou une Supérieure , on pourra dire:
Sous tes loix , Conductrice aimable.

POUR UNE ABBESSE.

BOUQUET.

PREMIER COUPLET,

Sur l'Air : *Des Folies d'Espagne.*

CHANT V.

DE notre Abbesse (1) on va faire la Fête :
Formons-lui vîte un élégant Bouquet ;
Rose & bouton, fleur d'orange parfaite,
Muguet, jasmin, lys, tubéreuse, œillet.

SECOND COUPLET,

Sur l'Air : *Tircis cherchant Philis au bois.*

CHANT VI.

A notre Abbesse, point de fleur ;
Ses vertus font sa bonne odeur.
Tout en elle est bonté, douceur,
Affabilité, zèle,
Charité, piété, candeur ;
O l'excellent modèle !

---

(1) A la place du mot *Abbesse*, on peut mettre *Mère* ; & alors
la Pièce peut aller à toute personne en place.

H vj

POUR UNE ABBESSE

MALADE.

Sur l'Air : *Petits Oiseaux, rassurez-vous.*

CHANT III.

O CIEL ! entends nos tendres vœux
Pour celle que dans ta clémence,
Nous a donné ta Providence !
Sous ses loix nos cœurs sont heureux.
Mais une santé chancelante
Vient menacer notre félicité.
Voudrois-tu la ravir à sa Communauté ?
Hélas ! double ses jours par ta force puissante !

POUR UNE MAITRESSE

DES NOVICES.

Sur l'Air : *Quand Iris prend plaisir à boire.*

CHANT VII.

Sous vos loix, divine Maîtresse,
Oui, tout y respire la sagesse ;
Les vertus font votre élément.
Vous élevez l'ame de vos Novices
Par votre esprit plein d'agrément,
Par votre cœur noble, charmant :
L'on trouve en vous (*bis*) mille délices.

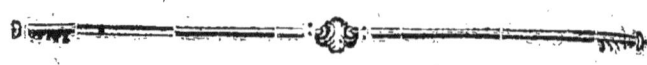
POUR LE JOUR
DE LA PROFESSION.

Sur l'Air : *Rochers, vous êtes sourds.*

CHANT VIII.

POUR n'aimer que mon Dieu, j'abandonne le Monde.
Que mon oblation est chère à mon amour !
D'avance mon cœur vole au céleste Séjour.
Il n'est de plaisirs purs qu'où la sagesse abonde ! (*bis*)

POUR UNE MAITRESSE

DES PENSIONNAIRES.

Sur l'Air : *Quand Iris prend plaisir à boire.*

CHANT VII.

L'ON nous dit instruites, aimables ;
Mais nous en sommes redevables
A vos tendres affections.
Pour nous former, adorable Maîtresse,
Vous redoublez d'attentions ;
Vos touchantes instructions
Vantent en nous (*bis*) votre sagesse.

✳

QUEL bonheur, dans notre jeune âge,
De voir des vertus l'assemblage
Dans l'objet qui fixe nos yeux !
Joindre l'exemple aux discours pathétiques,
C'est nous former un sort heureux
Et pour la terre & pour les cieux.
Que ces leçons (*bis*) sont magnifiques !

LES CHARMES

DE N'ÊTRE QU'A DIEU

DANS LES MAISONS RELIGIEUSES.

Sur un Air de l'Opéra d'Héfione : *Ah ! que mon cœur va payer chèrement.*

CHANT IX.

AH ! qu'il eft doux pour mon cœur, Dieu charmant,
De t'avoir pour ami, pour époux, pour amant !
L'on ne vit que pour toi dans ce féjour tranquille ;
Ton amour y répand tes graces, tes bienfaits ;
Tu nous y fais goûter les charmes de la paix.

O raviffant afyle !
Je veux te chérir à jamais.
Lieux enchanteurs où règne l'innocence,
Vous banniffez les foucis, les foupirs :
Les aimables vertus font ici nos plaifirs :
De l'Efprit Saint elles font l'influence,
De l'Efprit Saint elles font l'influence.

AH ! qu'il eft doux pour mon cœur, Dieu charmant,
De t'avoir pour ami, pour époux, pour amant !

CANTIQUES

SPIRITUELS.

SUR LE MYSTÈRE

DE LA

NAISSANCE DE JÉSUS-CHRIST,

Sur l'Air : *Jamais la nuit ne fut si noire.*

CHANT X.

Jamais la nuit ne fut si belle !
O nuit, heureuse nuit, tu vois l'Auteur du jour
Naître, & nous dévoiler un myſtère d'amour.
Prodige conſolant ! merveilleuſe nouvelle !
    Quoi ! la terre eſt égale au ciel !
    Un Dieu s'y rend ſous une forme humaine.
    Rendons-lui donc un hommage éternel :
De la céleſte Cour (*bis*) l'exemple nous entraîne.

PARMI les airs , les Chœurs des Anges
Chantent dans leurs concerts : *Gloire à Dieu dans les*
Cieux ,
Et sur la terre , paix aux hommes vertueux.
A ces divins accords unissons nos louanges.
  Cet Enfant vient nous rendre heureux :
 Il naît , il naît pour nous dans une étable ;
 Il y confond l'homme voluptueux.
Prodigieux amour ! (*bis*) un Dieu nous est semblable.

  DANS les transports d'une foi vive ,
De fidèles Bergers , avant l'aube du jour ,
Jusques à Bethléem vont lui faire leur cour.
Du fortuné pécheur l'ame n'est plus captive ;
  Ce Dieu vient la tirer des fers.
 Bergers , Bergers , publiez sa puissance :
 Notre bonheur fait frémir les enfers.
Célébrons ce grand jour (*bis*) de notre délivrance.

  Ah ! c'en est fait ! des prophéties
Le sens est dévoilé ; les tems sont accomplis ;
Les sacrifices vains sont enfin abolis ,
Et les oblations des Juifs anéanties.
  Pour nous LE VERBE SE FAIT CHAIR :
 La vérité prend la place des ombres.
 Ah ! que ce jour à nos ames est cher !
Satan est enchaîné (*bis*) dans ses demeures sombres.

LA MESSE
DE L'AURORE.

Sur l'Air : *A notre bonheur l'Amour préſide.*

CHANT XI.

Pour rendre hommage au Dieu que j'adore,
Et pour imiter d'heureux Bergers,
Au Temple j'ai prévenu l'aurore,
Bravant & la biſe & les dangers.
La foi ſoutenoit mon cœur timide.
    Qu'elle eſt un bon guide
    Pour régler les pas!
Avec cette vertu vive, leſte,
    Et l'amour céleſte
    Où n'iroit-on pas?

SUR LA COMMUNION.

Sur l'Air : *A table avec mes amis.*

CHANT IV.

Voiles saints & myſtérieux,
Vous cachez un Dieu redoutable :
Sa gloire éblo iroit nos yeux ;
Et ce Dieu, plein d'amour, nous appelle à ſa table.
Couroós à ce noble feſtin. (*bis*)
Quelle faveur ineſtimable !
Que nos cœurs, nuit & jour, pour ce Dieu tout aimable,
S'enflamment, s'enflamment d'un feu tout divin,
S'enflamment d'un feu tout divin.

MÉPRIS DU MONDE.

Sur l'Air : *En vain pour oublier une beauté cruelle.*

CHANT XII.

Que le Monde est trompeur dans ses vastes promesses!
    Il flatte , il trahit nos desirs ;
De notre fol espoir il naît mille détresses ,
    En nous livrant à ses plaisirs.
Dieu grand , Dieu saint , il y va de ta gloire ;
Triomphe des efforts de ce Monde imposteur :
Ce traître ose avec toi balancer la victoire.
Voudrois-tu lui céder tes droits sur notre cœur ?
    Dieu grand , Dieu saint , il y va de ta gloire :
Voudrois-tu lui céder tes droits sur notre cœur !

✱✱✱✱✱✱✱✱✱✱✱✱✱✱✱✱✱✱✱✱✱✱✱✱

DESIRS DU CIEL.

Sur l'Air : *Ah! que mon cœur va payer chèrement.*

CHANT IX.

Dieu de mon cœur, quand boirai-je à longs traits
Dans la source sacrée au Séjour de la paix?
Que mon exil est long sur cette triste terre !
L'on n'y ressent qu'ennui, que trouble, que douleur;
Dans ton asyle saint est l'unique bonheur.
     Ah ! finis ma misère,
    Dieu fort, Dieu puissant, Dieu sauveur !
O Ciel des Cieux, ô demeures aimables,
Qui possédez le Dieu de mon amour
Dans vos bienheureux murs, dans votre beau séjour,
   Ah ! comblez-moi de vos biens ineffables ! (*bis*)
Dieu de mon cœur, &c.

MORT DU JUSTE.

Sur l'Air : *Rochers, vous êtes sourds.*

CHANT VIII.

Pour te voir, Dieu charmant, j'abandonne la vie.
T'aimer, té posséder, quelle félicité !
Délicieuse joie ! heureuse Eternité !
Mort, que tu parois douce à mon ame ravie !
Mort, que tu parois douce à mon ame ravie !

JOUISSANCE DE DIEU

DANS LE CIEL (1).

Sur l'Air : *Viens dans mon cœur, Dieu de la treille.*

CHANT I.

AH ! je te vois, Beauté fuprême !
Quel éclat & quelle fplendeur !
Je te connois , t'adore , t'aime ;
C'eft le comble de mon bonheur.
O Trinité (*bis,bis*) ! Dieu grand , fublime (*bis*)!
Ton myftère m'eft dévoilé :
Dieu grand , fublime (*bis*) ; Dieu grand (*bis*),fublime!
Ton myftère m'eft dévoilé.
Ton tendre amour s'eft fignalé ;
O raviffant abîme !

TON tendre , &c.

---

(1) On peut quelquefois fur la terre être en efprit dans le Ciel.

LES ÉLANS

D'UN CŒUR FRANÇOIS.

HOMMAGES

AU ROI

ET

A LA REINE.

A M. A***.

AVOCAT AU PARLEMENT.

MONSIEUR,

CE n'est point à votre grand esprit, à votre science, à votre beau génie que je prétends rendre hommage, en vous dédiant ces élans de mon cœur. C'est à votre affection, à votre attachement pour nos illustres Souverains; à cette joie tendre & vive qui saisit votre belle ame dans des événemens qui doivent tourner à leur plaisir ou à leur gloire. Oui, MONSIEUR, c'est à ces sentimens nobles & justes, & à ces vertus patriotes

I ij

que je rends hommage, en vous offrant ce petit Ouvrage. Agréez-le, je vous prie, comme un gage assuré de la parfaite estime & de la considération avec lesquelles j'ai l'honneur d'être,

MONSIEUR,

Votre très-humble & très-obéissante Servante

POULAIN DE NOGENT.

LES ÉLANS

D'UN CŒUR FRANÇOIS.

HOMMAGES

AU ROI ET A LA REINE.

A Mgr. LE DAUPHIN

ET

A Mme. LA DAUPHINE,

Sur leur Mariage le 16 Mai 1770.

CHANSON,

Sur l'Air : *Grand Gosier disoit à Grégoire ; ou, verse, verse, verse du vin, & souvent.*

CHANT II.

Brillant Printems, tes fleurs nouvelles
Ne font pas dignes de ce jour :
L'Hymen s'unit avec l'Amour
Pour nous en donner d'immortelles.
Vivent, vivent, vivent nos époux charmans,
Toujours heureux, toujours amans.

GRAND Dauphin, des deftins propices,
Reçois l'objet de tes amours :
Que le Ciel inonde tes jours
De mille torrens de délices !
Vivent, vivent, vivent nos époux charmans,
Toujours heureux, toujours amans.

DE ton époux, belle Dauphine,
Admire le raviffement :
Il contemple d'un air content
Ton maintien, ta grace divine.
Vivent, vivent, vivent nos époux charmans,
Toujours heureux, toujours amans.

PAR ton efprit & par tes charmes
Fixe fon cœur, comble fes vœux ;
Jouis du pouvoir de tes yeux,
L'amour en fait fa place d'armes.
Vivent, vivent, vivent nos époux charmans,
Toujours heureux, toujours amans.

PARTAGE, adorable Princeffe,
Les vœux & les cœurs des François :
Ce peuple idolâtre fes Rois ;
Tu vas devenir fa Déeffe.
Vivent, vivent, vivent nos époux charmans,
Toujours heureux, toujours amans.

VŒUX POUR LE ROI,

A SON AVÉNEMENT AU TRÔNE EN 1774.

CHANSON,

Sur l'Air : *A table avec mes Amis je chasse la mélancolie.*

CHANT IV.

O Ciel, daigne-combler les vœux
Du grand Monarque de la France ;
Achève son destin heureux,
Il est de ses sujets la flatteuse espérance.
Son cœur te demande un Dauphin,
Son cœur te demande un Dauphin :
Rends son bonheur inaltérable,
Qu'à son souhait toujours sa compagne adorable
L'enflamme, l'enflamme d'un feu tout divin,
L'enflamme d'un feu tout divin.

I v

A L'EMPEREUR,

En France, en 1777.

S T A N C E S.

RAND Souverain, Prince adorable,
Sois en France le bien-venu :
Tu laiffe dans le cœur des heureux qui t'ont vu,
Une impreffion déleftable.

DE tes vertus la Rénommée
Vante les exploits glorieux.
Pour vaincre le vice odieux,
Ah ! quelle formidable armée !

VOIS dans notre augufte Monarque,
Ton égal dans mille hauts faits :
La bonté, l'amour, les bienfaits
Sont le gouvernail de fa barque.

CONTEMPLE le fruit de fes veilles ;
Aux travaux il fait fe livrer.
Il eft beau de s'entre-admirer (1)
Dans d'égales rares merveilles.

---

(1) Allufion à l'entrevue de Scipion & d'Annibal.

QUE notre Reine en ta préfence,
Goûte de plaifirs à la fois ! . . .
Elle eft l'ornement de la France,
La divinité des François.

QUE de fon illuftre hymenée
Le Ciel achève le bonheur :
Qu'en cette mémorable année ,
Dans fon fein un Dauphin dilate enfin fon cœur !

AU MÊME,

SOUS LE NOM DE COMTE DE FALCKENSTEIN.

Pour le prier de ne pas tant fe fouftraire
à la vue des François.

STANCES.

COMTE plus grand que les Ducs & les Princes,
A qui les Rois cèdent même le pas,
De la France parcours & Villes & Provinces ;
Mais aux yeux des François ne te dérobe pas.

Vois avec joie une Cour attrayante ;
Un Roi chéri, l'ame de fes fujets ;
Une Reine plus que charmante.
Ta place dans nos cœurs eft près de ces objets.

I v

POUR avoir enlevé notre amour, notre eſtime,
Nos admirations & nos plus tendres vœux,
    On t'en fait un aimable crime :
Montre-toi donc ſans feinte à nos timides yeux.

Tu contemples Paris, cette Ville à miracles,
Ses Temples, ſes Palais, ſes fameux Tribunaux,
Ses Places, ſes Jardins, ſes Remparts, ſes Spectacles,
Ses Halles, ſes Maiſons, ſes Ports, ſes Hôpitaux,
Sa Police, ſes Jeux, ſes brillantes boutiques ;
Ses Hôtels renommés, ſes monumens antiques :
    Mille & mille autres raretés :
Mais n'es-tu pas pour nous de plus grandes beautés ?

DE la France aujourd'hui tu vois toute la gloire :
Ta raviſſante Sœur en fait les agrémens.
Grand comte, puiſſes-tu dans deux fois quarante ans,
    En égayer encore ta mémoire !

A MADAME

LA PRINCESSE DE LAMBALLE,

En lui adreffant les Stances fuivantes
pour la Reine.

Auprès d'une grande Déeffe
Une Nymphe trouve faveur :
Permettez que par vous , adorable Princeffe ,
Ma Mufe puiffe offrir les élans de mon cœur.

I vj

A LA REINE,

Sur fa première Groffeffe, en 1778.

STANCES.

L'HYMEN va nous donner un fruit délicieux,
 Charmante, raviffante Reine,
Tu porte dans ton fein un tréfor précieux:
Te voilà de nos cœurs doublement Souveraine.

UN Dauphin pour la France eft un divin Soleil
 Que le François d'avance adore.
Souvent le Ciel l'envoie avec grand appareil,
 Précédé d'une aimable aurore.

QUE ton Royal enfant foit Princeffe ou Dauphin,
Adorons du Très-Haut la volonté fuprême :
 A notre efpoir la porte s'ouvre enfin ;
Un heureux avenir rend notre joie extrême.

XXXXXXXXXXXXXXXXXXXXXXXXXX

AU ROI ET A LA REINE,

Sur la Naissance de Madame, Fille du Roi.

LE Ciel commence à se rendre à nos vœux,
Une divine enfant vient de naître en ces lieux :
  C'est une fleur qui vient d'éclore
  Qui nous promet un fruit délicieux ;
C'est une vive, une brillante aurore
  Qui nous promet un Soleil radieux.

  O Roi chéri, Reine adorée,
  Que vos charmans fruits d'Hyménée,
Marchant dans les sentiers que vous aurez battus,
Imitent tous un jour vos sublimes vertus !
  Et que dix dizaines d'années
Bravent chez vous, chez eux les fières destinées.

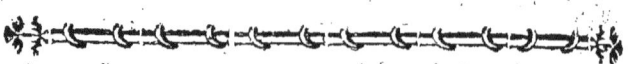

A MADAME,

FILLE DU ROI,

Agée de douze jours.

Vœux DE LA NOUVELLE ANNÉE, EN 1779.

Que pour toi cette année, adorable Princesse,
Soit le commencement de longs & de beaux jours!
    Que le bonheur vers toi s'empresse !
    Que la santé t'accompagne toujours!

    Que ton esprit brille dès ton enfance
        Par mille traits saillans, ingénieux !
    Que les talens, la vertu, la science
        Soient pour toi jouets précieux !

Que malgré nos regrets, dans ton troisième lustre, (1)
(Le cœur, chère Princesse , avec la main d'accord)
        Un grand Monarque, avec transport,
        Te place sur un Trône illustre ! (2)

---

(1) Nos regrets seront de perdre la Princesse.
(2) Dans la réalité ou dans la perspective.

A MADAME
LA PRINCESSE DE LAMBALLE,

En lui adreſſant les Vers ſuivants,
pour la Reine.

Pour tes bontés, raviſſante Princeſſe,
Que le Très-Haut ſur toi veille ſans ceſſe !
Que tout connoiſſe, admire ton grand cœur !
Et que par-tout te ſuive le bonheur !

A LA REINE,

Sur la mort de l'Impératrice, 1ᵉʳ *Janvier* 1781.

PRÉDICTION.

Elle n'eſt plus, ta Mère incomparable ;
Mais elle vit au ſéjour du bonheur.
Conſole-toi, Reine chère, adorable !
Elle n'eſt là que pour ſervir ton cœur.
Laſſée, hélas ! d'une longue eſpérance ; (1)
D'un vol rapide elle a gagné le Ciel.
A ſes tendres élans, à ſes vœux l'Éternel
Va donner cette année un Dauphin à la France.

------

(1) L'eſpérance d'un Petit-Fils Dauphin.

PRIÈRE

Pour demander à Dieu un Dauphin (1).

Sur l'Air : *Viens dans mon cœur , Dieu de la treille.*

CHANT I.

Avec amour , Louis t'adore :
Tu connois , grand Dieu , son souhait.
Notre Reine avec foi t'implore ;
Elle attend un nouveau bienfait.
Comble leurs vœux , (*bis* , *bis*) bonté suprême ; (*bis*)
Un Dauphin manque à leur bonheur :
Bonté Suprême (*bis*) bonté , bonté suprême ,
Un Dauphin manque à leur bonheur:
Qu'il vienne réjouir leur cœur !
Sans être encor , tout l'aime.
Qu'il vienne réjouir leur cœur !
Sans être encor.... Tout l'aime.

---

(1) Cette Prière a été composée en même tems que la Pièce précédente ; Monseigneur le Dauphin n'étoit pas encore conçu.

SUR LA NAISSANCE

DE

MONSEIGNEUR LE DAUPHIN.

ÉGLOGUE MORALE.

DAMIS, MYRTIL, CLIMÈNE.

DAMIS.

POUR mon troupeau voici d'assez bons pâturages ;
Mais quittons ces ormeaux & leurs jaunes feuillages : (1)
Je vois là-bas Myrtil ; allons auprès de lui.
Las, las ! il est bien seul , bien rêveur aujourd'hui . . .
Bonjour, mon cher Myrtil. Eh quoi ! sans ta Climène ?
Sans elle rarement l'on te voit dans la plaine.

MYRTIL.

Une Bergère sage est avec son Berger
Dans les lieux découverts à l'abri du danger :
Là vertu brave là toute langue indiscrète.

DAMIS.

Ne vois-je pas son chien , son troupeau , sa houlette ?

MYRTIL.

Oui ; j'en prends soin tandis qu'elle est vers le château.
Ce matin , cher Damis , en montant le coteau ,

---

(1) Feuillages d'automne.

Nous avons rencontré Damon, Tircis & Stelle.
On venoit de leur dire une bonne nouvelle :
La Reine eſt accouchée ; elle ſe porte bien.

D A M I S.

De quel enfant, Myrtil ?

M Y R T I L.

　　　　　　On n'en ſait encor rien.
Un courrier a paſſé comme un trait d'arbalêtre ;
Chez notre bon Seigneur il portoit une lettre.
On s'eſt raſſemblé là pour ſavoir à la fin,
Si la France poſsède un aimable Dauphin.

D A M I S.

Oh ! quand ce ne ſeroit encor qu'une Princeſſe,
La ſanté de la Reine excite l'allégreſſe.
De jeunes Souverains, pour faire un héritier,
N'ont-ils pas devant eux un quart de ſiècle entier ?

M Y R T I L.

Oui ; mais chacun dira : mieux vaut tenir qu'attendre,
Un long deſir énerve, abat même un cœur tendre.

D A M I S.

Eh ! n'ayons de deſir que celui du Très-Haut :
Mieux que nous, cher Myrtil, il fait ce qu'il nous faut.

M Y R T I L.

Nos vieillards diſent tous que de cinquante années,
Celle-ci, cher Damis, eſt des plus fortunées.

DAMIS.

Il est vrai : le Soleil par de douces ardeurs,
De bonne heure a chassé les malignes vapeurs.
Tôt après, le Printems vint avec tous ses charmes ;
Et l'Aurore versa de précieuses larmes
Sur des arbres grossis par des touffes de fleurs.
L'Été parut ensuite avec d'autres faveurs ;
Chaque moment voyoit accroître l'abondance :
Par-tout ce n'est que biens, par-tout c'est la Provence.
Et l'Automne à son tour flatte nos goûts, nos sens
Par des fruits savoureux, par des vins excellens.

MYRTIL.

Et c'est de tous ces dons que naît ma confiance :
Un Dauphin, cher ami, va réjouir la France ;
Il est pour nous le fruit le plus délicieux ;
Il est même le seul qui peut combler nos vœux.

DAMIS.

Dans les vouloirs d'un Dieu tout est impénétrable :
Nous raisonnons en vain où tout est adorable.
Il faut dans un jardin & des fleurs & des fruits ;
Il faut dans un état des Filles & des Fils.
Je parle franchement ; Myrtil, tu peux m'en croire :
La Reine est une fleur dont la France fait gloire.
Par sa bonté de cœur, par son esprit charmant
Elle en fait le plaisir, elle en fait l'ornement.
De son illustre Mère elle est la digne Fille ;
En elle attraits, vertus sont des biens de famille.

M y r t i l.

Depuis dix ans entiers, vous devez le savoir,
Elle attend, cher Damis, l'enfant de notre espoir.

D a m i s.

Souvent par des délais le Ciel nous favorise; (1)
Il veut qu'à ses décrets toute ame soit soumise.
Plaise à Dieu que l'enfant qu'elle embrasse en ce jour,
Soit ce Fils qui sans être avoit jà son amour!

M y r t i l.

Nous l'avons, ma Bergère accourt pour me le dire.
Quels transports dans mon cœur naissent de son sourire!

C l i m è n e.

Un Dauphin, un Dauphin! rions, chantons, dansons
Au son des chalumeaux, des hautbois, des chansons,
L'on dit que tout Paris est en joie, en délire.

M y r t i l.

Ne lui cédons en rien; sur la viole & la lyre,
Chantons ce desiré de tous les cœurs François;
Il est le Fils chéri du plus cher de nos Rois.

D a m i s.

Bénissons l'Éternel; notre Reine féconde,
D'un Soleil radieux vient d'enrichir le monde.

---

(1) C'est une faveur que la naissance tardive de Monseigneur
le Dauphin. S'il étoit né un an après le mariage de ses Père &
mère, notre joie actuelle seroit moins vive. D'ailleurs, si le Ciel
exauce nos vœux, il portera un jour le titre (si flatteur pour un
bon Fils) de *Grand & Vieux Dauphin.*

A MADAME

LA PRINCESSE DE LAMBALLE,

En lui adreſſant les deux Pièces ſuivantes, pour le Roi & la Reine, premier Janvier 1782.

STANCES.

IL n'eſt ni froid, ni vent, ni crotte, pluie ou neige,
Qui puiſſent empêcher les humains de courir
Pendant ce jour, ce mois; ſoit ſeuls, ſoit en cortège;
Les uns pour dire vrai, les autres pour mentir.

  Au nom de l'amitié fidelle
   On ſe complimente avec art :
On étale ſes vœux, ſa tendreſſe, ſon zèle
Où l'intérêt ſouvent a la meilleure part.

N'IMITONS pas cette engeance maudite
   De fourbes & d'adulateurs :
Choiſiſſons pour nos chants un objet de mérite,
Admiré des eſprits & révéré des cœurs.

  JE l'ai trouvé cet objet vénérable.
   Qu'il fait ranimer mes accens !
C'eſt l'aimable Lamballe..... O Princeſſe adorable,
  Daignerez-vous accepter mon encens ?

POLITESSE, amitié, bonté pleine de charmes
   Se remarquent toujours en vous,
   Ce ſont de triomphantes armes
Pour repouſſer les traits des méchans, des jaloux.

En vous quel ravissant modèle
De douceur , de candeur , de paix , de piété ,
De tout ce qui rend l'ame belle
Aux yeux de la Divinité !

L'ON ne connoît en vous hauts ni bas , ni caprices,
Ni vains amusemens, ni folle ambition.
De vos sociétés vous faites les délices ,
Ainsi que l'admiration.

DANS votre rang , dans votre haute place
Quel ordre ! quelle habileté !
Vous ordonnez, agissez avec grace ,
Avec joie , avec dignité.

TANT de vertus, tant de sagesse
De l'Eternel pour vous annoncent la bonté.
Qu'il couronne ses dons en comblant votre Altesse
De trésors pour le tems & pour l'éternité.

VŒUX POUR LE ROI ET LA REINE,

Premier Janvier 1782.

STANCES.

DE notre grand monarque, ô ciel, comble les vœux ;
 De tout il fait te rendre gloire :
  Veille fur fes jours précieux ;
Donne-lui fur les mers victoire fur victoire.

  A fon gré que l'aimable paix
  Quitte le féjour du tonnerre ;
  Qu'elle vienne habiter la terre,
 Et quelle foit le fruit de fes hauts faits!

  QUE tout reffente fa préfence,
Nobles, Négocians, Artifans, Laboureurs!
Qu'elle foit dans l'Églife en joie, en affurance!
  Qu'elle règne dans tous les cœurs!

  QUE du Salomon de la France
  Le nom vole au de-là des mers !
En lui tout eft vertu, fageffe, bienfaifance :
Que tout l'admire, l'aime en ce vafte univers!

  QU'IL donne cette année un Frère
  A fa Princeffe, à fon Dauphin!
  Que toujours fon époufe chère
  Enflamme fon cœur tout divin!

DE l'amour conjugal ô raviffans modèles,
    Que par vos fublimes vertus,
    Soient étonnés, foient confondus
Les libertins, les époux infidèles !

SOYEZ, grands Souverains, par vous, par vos enfans,
    Par leurs heureufes deftinées,
Par votre piété, par vos longues années,
    Des phénomènes furprenans.

VŒUX DE MONSEIGNEUR LE DAUPHIN.

VIVE Papa, vive Maman,
Vive ma Sœur, vive Fanfan !
Oui, vive moi; fou qui s'oublie.
    Que Dieu me donne un bon fiècle de vie !
Qu'il en donne encor plus à mes tendres parens !
Sur le trône ne veux voir que vingt-cinq printems.
    Un Dauphin règne avec fon Père
    Sur les cœurs de tous les François ;
    Il dirige avec lui les loix.
O règne heureux ! ô règne falutaire !
Quel charme pour mon cœur d'avoir mes Père & Mère
    Pendant quinze luftres & plus !
    Je les chéris, je les adore.
    Ah ! qu'ils me feront chers encore
    Tout chargés d'ans & de vertus !

CHANTS

✳✳✳✳✳✳✳✳✳✳✳✳✳.

CHANTS JOYEUX,

A l'occasion de la Fête donnée par la Ville de Paris au Roi & à la Reine, & de la Naissance de Monseigneur le Dauphin ; sans Note, sur des Airs de Noëls connus.

PREMIER CHANT.

Sur l'Air : *Tous les Bourgeois de Châtres.*

Dans Paris, hommes, femmes,
    Fillettes & garçons,
    Abbés, Seigneurs & Dames,
    Bourgeois & Fanfarons ;
    Tous vont sur leurs talons
    Dans la foule & la gêne.
    Pour voir le Papa du Dauphin,
    Et sa Maman, objet divin,
    L'on ne sent pas la peine.

K

SECOND CHANT.

Sur l'Air : *Voici le jour folemnel de Noël.*

Voici le jour de defirs,
De plaifirs,
Où notre Roi, notre Reine
Rendent tous les cœurs joyeux,
Glorieux,
Dans leur ville fouveraine.

TROISIÈME CHANT.

Sur l'Air : *A la venue de Noël.*

A la Naiffance d'un Dauphin,
Tout eft dans un tranfport divin ;
Les François chantent nuit & jour:
Vive le Dauphin notre amour !

QUATRIÈME CHANT.

Sur l'Air : *Où s'en vont ces gais Bergers.*

Quelle bénédiction !
Quelle douce influence !
Loin de ce nouveau Bourbon,
L'on reffent fa préfence.
Où donc eft ce charmant rejeton ?
Dans tous les cœurs de France.

CINQUIÈME CHANT.

Sur l'Air : *Joseph est bien marié.*

Louis , Monarque adoré, (*bis*)
Par un nœud pur & sacré , (*bis*)
Est enfin devenu Père
D'une Princesse très-chère,
Puis d'un aimable Dauphin.
O le ravissant destin !

SIXIÈME CHANT.

Sur l'Air : *Ah ! ma voisine, es-tu fâchée ?*

Que nos Souverains sont aimables
Et gracieux !
Pour ces époux incomparables
Formons des vœux.
Que les destins leur soient propices
Dans leurs amours !
Ah ! qu'ils ne goûtent que délices
Dans de longs jours !

SEPTIÈME CHANT.

Sur l'Air : *Laiſſez paître vos bêtes.*

Régnez, Monarque aimable,
Soyez par-tout un Roi vainqueur :
Régnez, Reine adorable,
Sur nous, ſur notre cœur.

Vous enchantez tous vos ſujets
Par vos vertus, par vos bienfaits,
Par votre zèle pour la paix.

Que le Ciel vous la donne,
Et qu'on la doive à vos hauts faits!
Que toujours il couronne
Vos ſublimes projets!

CHANSONS

SUR LES MÊMES SUJETS,

Pour être chantées devant leurs Majestés
à l'Hôtel-de-Ville ; notées.

PREMIÈRE CHANSON.

Sur l'Air : *Verse, verse, verse du vin.*

CHANT II.

Pour toi, Paris, ah ! quelle gloire !
Tu reçois aujourd'hui tes Dieux :
C'est un olympe que ces lieux.
O fête digne de mémoire !
Verse, verse, verse le nectar divin
En l'honneur de notre Dauphin.

Grands Souverains, Époux fidèles,
Ne connoissez que le bonheur :
Que le tems en votre faveur,
Abatte ses rapides aîles !
Vive, vive, vive ce couple enchanteur :
Vivent le Dauphin & sa Sœur.

SECONDE CHANSON.

Sur l'Air : *Rochers , vous êtes sourds.*

CHANT VIII.

Au Dieu de l'univers offrons des sacrifices ;
L'enfant de nos desirs nous est donné des Cieux.
C'est un Soleil levant , un astre radieux ,
Qui du cœur des François fait déja les délices,
Qui du cœur des François fait déja les délices.

PRIÈRE ET ACTION DE GRACES.

TROISIÈME CHANSON.

Sur l'Air : *Petits oiseaux , rassurez - vous.*

CHANT III.

Dieu tout charmant , Dieu Créateur ,
Tu réjouis toute la France :
Signale encore ta puissance ;
Donne un Frère au Frère , à la Sœur.
Reçois nos humbles sacrifices
Pour le présent que ta bonté nous fait.
De ton trône éternel entends notre souhait.
Ah ! sur nos Souverains répands mille délices.

✳

QUATRIÈME CHANSON.

Sur un Air de l'Opéra d'Hésione : *Ah! que mon
cœur va payer chèrement.*

CHANT IX.

AH! que nos cœurs sont contens, sont épris!
Nous pouvons contempler Antoinette & Louis.
Momens délicieux à jamais mémorables!
Dans nos tendres transports répétons mille fois :
Vive le Fils chéri du plus cher de nos Rois!
    Souverains adorables,
    Vous êtes l'amour des François.

ÉPOUX charmans, modèles admirables,
  Vous ravissez les esprits & les cœurs.
Les Fruits de votre hymen déja sont nos vainqueurs.
  Vivez, vivez, Roi, Reine, enfans aimables ;
  Vivez, vivez, Roi, Reine, enfans aimables.

  AH, que nos cœurs sont contens, sont épris!
Nous pouvons contempler Antoinette & Louis.

K iv

POUR LE JOUR DU BAL (1).

CINQUIÈME CHANSON.

Sur l'Air : *Jamais la nuit ne fut si noire.*

CHANT X.

AH ! quel plaisir se renouvelle !
Nos Souverains encor embellissent ces lieux ;
Ils enlèvent les cœurs, ils enchantent les yeux.
(O fortuné Paris, ta gloire est immortelle.)
Leur Dauphin est un don des Cieux.
Dieu grand, Dieu fort, rends leurs jours délectables:
Ils font pour nous des trésors précieux ;
Ils font de tes splendeurs (*bis*) des ombres adorables.

---

(1) Cette Chanson pourroit se chanter au Roi & à la Reine
toutes les fois qu'ils honoreront Paris de leur présence.

✸✸✸✸✸✸✸✸✸✸✸✸✸✸✸✸✸✸✸✸✸✸✸

AU ROI ET A LA REINE.

CHANSON DE TOUS LES TEMS.

Sur l'Air : *En vain pour oublier une beauté cruelle.*

CHANT XII.

ANTOINETTE & Louis font toutes nos délices
    Par leur cœur royal & divin.
Aussi de tous nos vœux, de tous nos sacrifices
    Ils font le principe & la fin.
Couple charmant, vous mettez votre gloire
A faire le bonheur de vos tendres sujets.
Ah! puissiez-vous sur tout remporter la victoire,
Et de tout l'univers être les grands objets.
    Couple charmant, vous êtes notre gloire.
Ah! de tout l'univers soyez les grands objets.

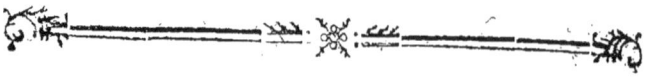

CHANSON

DE

MONSEIGNEUR LE DAUPHIN.

Sur l'Air : *Des Folies d'Espagne.*

CHANT V.

DE mon Papa je veux suivre l'exemple,
Tous les François seront mes chers enfans :
Nos cœurs seront & l'Autel & le Temple,
Où pour Papa nous offrirons l'encens.

CHANSON

DE

MADAME, FILLE DU ROI.

Sur l'Air : *Tircis cherchant Philis au bois ;* ou,
Berger, que tu parois content.

CHANT VI.

EN Maman que de Majesté,
De bonté, d'affabilité,
De candeur & d'aménité !
Je veux suivre ses traces.
Elle allie, avec dignité,
Les vertus & les graces.

SUR LA PAIX.

SONNET.

Lorsque Mars tout de feu, que Bellonne en furie
Exerçoient fur les mers leur fureur inouie;
Que des monceaux d'humains percés de mille dards,
Voyoient leur fang couler, & leurs membres épars;

Louis avec ardeur travaille, négocie;
Il concilie enfin, & tout fe pacifie :
Au gré de fes defirs ployant fes étendards,
Déja Mercure court, vole de toutes parts.

Ce Salomon chéri, ce Père de la France
Va nous faire goûter les douceurs de la Paix.
Célébrons à l'envi fa gloire & fa puiffance.

Par lui nous refpirons, nos vœux font fatisfaits;
Notre bonheur toujours eft fon plus cher ouvrage;
Mais il a tous les cœurs : eft-il plus bel hommage?

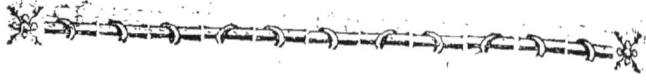

LES ADIEUX DE MA MUSE

AU ROI ET A LA REINE.

S T A N C E S.

Grands Souverains, délices de la France,
De ma Muse daignez recevoir les adieux.
Elle vous a chantés comme on chante des Dieux
   Qu'on révère avec complaisance.

   Le cœur étoit mon Apollon ;
   A vous il déféroit la gloire.
L'esprit plus vain, chante sur le grand ton
   Pour se faire un nom dans l'Histoire.
   En moi c'étoit la vénération,
      L'estime, l'admiration
   Qui tour-à-tour rendoient hommage
   A la vertu de haut parage.

   Tous vos sujets sont vos adorateurs ;
   Pour vous leur amour est extrême.
   Pour ravir ainsi tous les cœurs,
   Il faut un mérite suprême.

Vous êtes à-la-fois amis, maîtres, Héros :
De la paternité voilà la tendre marque.
Vivez, Reine, Dauphin, Princesse (1) & cher Monar-
   que.
Ne craignez qu'à Caron ne vous livre Atropos.

_____

(1) Monseigneur le Duc de Normandie n'étoit pas encore né,
ni même conçu, lorsque j'ai composé cette Pièce.

Un pied de nez auroit la Parque ,
Notre amour filial fermeroit ses ciseaux :
Nos larmes , en formant des flots ,
Repousseroient au loin le Nocher & sa barque.

FIN.

TABLE.

AMITIÉS ET HOMMAGES.

POÉSIES en chant, pour servir d'amusemens aux Dames Religieuses.

CANTIQUES.

LES ÉLANS d'un Cœur François.

FIN DE LA TABLE.

ERRATA

DES POÉSIES.

Page xj, ligne 18, *mettez* une s à la fin de préfère.

Page 9, à la premiere note, *effacer* &c., & *mettre* un point à la place de la virgule.

Page 29, ligne 13, après difcours, *mettre* un point d'admiration.

Page 30, ligne 18, *mettre* une s après pleure.

Ibid, ligne 20, *mettre* une s après lance.

Page 39, ligne 9, *mettre* une s à la fin de tu détourne.

Page 40, *mettre* une virgule après fuyoient : *ôter* les deux points d'après tous, & *mettre* une virgule.

Page 54, ligne 23, *mettre* une virgule après coups.

Page 60, ligne 20, encore, *lifez* encor.

Page 68, ligne 2, *ôter* l's au mot t'exprimes.

Page 94, ligne 6, (1), *mettez* (2); ligne 7, (2), *mettez* (3); ligne 9, (3), *mettez* (4); ligne 12, (4), *mettez* (5).

Page 102, ligne 14, tendre, *mettez* vif.

Page 131, à la note, compofa, *lifez*, compofe .

Page 138, ligne 8, parlois, *lifez*, parlois je.

Ibid, ligne 15, élébrer, *lifez* pour célébrer.

Page 147, ligne 7, chant II, *lifez* chant XI.

Page 181, ligne 6, *ôter* le mot oui.

Page 234, à la Table, ligne 24, à la, *lifez* au.

Ibid, ligne 25, à la, *lifez* au.

APPROBATION.

J'AI lu, par ordre de Monseigneur le Garde des Sceaux, le Manuscrit des *Poésies diverses de Mademoiselle POULAIN DE NOGENT*; & je n'y ai rien trouvé qui puisse en empêcher l'impression. Donné à Paris, le 24 d'Août 1786.

PHILIPPE DE PRÉTOT, des Académies d'Angers & de Rouen.

PRIVILÉGE DU ROI.

LOUIS, par la grace de Dieu, Roi de France & de Navarre, à nos amés & féaux Conseillers les Gens tenans nos Cours de Parlement, Maîtres des Requêtes ordinaires de notre Hôtel, Grand-Conseil, Prévôt de Paris, Baillifs, Sénéchaux, leurs Lieutenans-Civils, & autres nos Justiciers qu'il appartiendra, SALUT : Notre amée la Demoiselle POULAIN DE NOGENT Nous a fait exposer qu'elle desireroit faire imprimer & donner au Public *ses Poésies* ; s'il Nous plaisoit lui accorder nos Lettres de permission pour ce nécessaires. A CES CAUSES, voulant favorablement traiter l'Exposante, Nous lui avons permis & permettons par ces Présentes, de faire imprimer ledit Ouvrage autant de fois que bon lui semblera, & de le faire vendre & débiter par tout notre Royaume, pendant le temps de cinq années consécutives, à compter du jour de la date des Présentes : Faisons défenses à tous Imprimeurs, Libraires & autres personnes, de quelque qualité & condition qu'elles soient, d'en introduire d'impression étrangere dans aucun lieu de notre obéissance ; à la charge que ces Présentes seront enregistrées tout au long sur le Registre de la Communauté des Imprimeurs & Libraires de Paris, dans trois mois de la date d'icelles; que l'impression dudit Ouvrage sera faite dans notre Royaume & non ailleurs, en bon papier & beaux caracteres; que l'Impétrante se conformera en tout aux Réglemens de la Librairie, & notamment à celui du 10 Avril 1725, & à l'Arrêt de notre Conseil du 30 Août 1777, à peine de déchéance de la présente Permission; Qu'avant de l'exposer en vente, le manuscrit qui aura servi de copie à l'impression dudit Ouvrage sera remis dans le même état où l'Approbation y aura été donnée, ès mains de notre très-cher & féal Chevalier Garde des Sceaux de France, le Sieur HUE DE MIROMESNIL, Commandeur de nos Ordres; qu'il en sera ensuite remis deux Exemplaires dans notre Bibliotheque publique, un dans celle de notre Château du Louvre, un dans celle de notre très-cher & féal Chevalier Chancelier de France, le Sieur DE MAUPEOU, & un dans celle dudit Sieur HUE DE MIROMESNIL : le tout à peine de nullité des Présentes : Du contenu desquelles vous Mandons & enjoignons de faire jouir ladite Exposante & ses ayans cause pleinement & paisiblement, sans souffrir qu'il lui soit fait aucun trouble ou empêchement. Voulons qu'à la copie des Présentes, qui sera imprimée tout au long, au commencement ou à la fin dudit Ouvrage, foi soit ajoutée comme à l'original. Commandons au premier notre Huissier ou Sergent sur ce requis, de faire pour l'exécution d'icelles, tous actes requis & nécessaires sans demander autre permission, & nonobstant clameur de Haro, Charte Normande & Lettres à ce contraires. Car tel est notre plaisir. Donné à Paris, le sixième jour du mois de Décembre, l'an de Grace mil sept cent quatre-vingt-six, & de Notre Règne le treizieme.

Par le Roi, en son Conseil.

LE BEGUE.

Regiſtré ſur le Regiſtre XXIII de la Chambre Royale & Syndicale des Libraires & Imprimeurs de Paris, Nº 792, fol. 120, conformément aux diſpoſitions énoncées dans la préſente Permiſſion ; & à la charge de remettre à ladite Chambre les neuf Exemplaires preſcrits par l'Arrêt du Conſeil du 16 Avril 1785. A Paris, le dix-neuf Décembre 1786.

K N A P E N, Syndic.

De l'Imprimerie de la Veuve HERISSANT, rue Neuve
N. D. à la Croix d'Or.

www.ingramcontent.com/pod-product-compliance
Lightning Source LLC
Chambersburg PA
CBHW070452030726
47503CB00004B/1003